Denn jeder schreibt seine Geschichte irgendwann selbst,
man muss nur den Stift in die Hand nehmen.

1

Dies sollten die letzten Zeilen sein.

Die letzten Zeilen des Buches, meine letzten. Während ich den Kugelschreiber also erneut auf dem weißen Grund umherzog, kreisten meine Gedanken in vergleichbar enden wollenden Zügen.

Zu lange hatte ich nach diesem einen Ausweg gesucht, den es, naiv gesehen, immer gab. Ich meine, manchmal liegt die Lösung eben nicht sichtbar auf der Hand, manchmal liegt sie verborgen zwischen den verkrampften Fingern einer Faust. Und wenn diese Faust zu stark ist um sie alleine zu öffnen, dann fürchte ich, gibt es ihn nicht, diesen einen Ausweg.

Ich möchte Ihnen eine Geschichte erzählen:

Kennen Sie die von der Frau, die ihren Mann mittels eines Apfels vergiftete?

Nein? Dann passen Sie gut auf!

Eines Tages servierte die Frau eines reichen Ehepaares ihrem Mann einen Apfel. Er wusste, dass etwas damit nicht stimmte und dennoch ließ er sich auf das folgende Spiel ein. Die Frau ließ ihrem Mann die Wahl, an welcher Stelle sie den Apfel mit einem Messer entzweischneiden sollte.

Nachdem der Mann also gegrübelt und die Stelle für den Schnitt festgelegt hatte, aßen beide ihre Hälften. Und dennoch verstarb nur er, nachdem beide ihren Teil der Frucht verspeist hatten. Wie konnte die Frau sich so sicher sein, dass nur ihr Mann von der vergifteten Seite essen würde? Wie konnte sie im Voraus wissen, welche Seite der Mann wählen würde?

Sicherlich kein vergleichbarer Konflikt. Oder vielleicht doch? Es muss eine logische Erklärung geben und dennoch findet man sie nicht. Denn der Mann scheint die Wahl über Leben und Tod zu haben und genau hier ballt sich die Faust, um es mal salopp zu sagen.

Er dachte zwar, er hätte die Macht, einen Ausweg zu finden, doch wie so oft trügt der Schein. Das todbringende Gift befand sich nie im Apfel, sondern auf der einen Seite des Messers, mit dem die Frau diesen teilte.

Es war also egal, an welcher Stelle die Frau den Apfel teilte, solange sie ihrem Mann die Hälfte gab, die das Gift am Messer berührt hatte.

Wenige Minuten später verstarb der Mann, im Glauben, er hätte eine Chance gehabt.

Wahrscheinlich schreibe ich diese Zeilen aus diesem Grund auf. Auch wenn ich dachte, ich sei in der Position, den Verlauf der Ereignisse zu ändern, war ich es nie. Zu keinem Zeitpunkt hatte ich die Kontrolle, weil ich nicht stark genug war, die Faust zu öffnen.

Und dennoch: Man hat immer eine Wahl, oder?

- Kapitel 1 -

Ich weiß noch genau, wie alles damals begann. Und mit „alles" meine ich wirklich alles. Ihr werdet denken, ich sei der Täter, ihr werdet denken, ich sei das Opfer. Doch eigentlich beleuchtet ihr mit eurer scheinbar perfekten Lampe nur einen kleinen Teil des viel zu großen dunklen Raumes. Schon bald werdet auch ihr euch in Ahnungslosigkeit und Unwissenheit wiederfinden.

In diesem Punkt teilen wir uns ein Boot, das können Sie mir glauben. Also achten Sie gefälligst auf jedes Detail, denn ich werde mich nicht wiederholen. Aber urteilen Sie nicht zu voreilig, denn egal was Sie in den ersten Sekunden zu wissen glauben, die Wahrheit wird es nicht sein.

Das musste ich ebenfalls feststellen, als die ersten Sekunden des Tages anbrachen, der alles auf den Kopf stellen sollte.

Es war einer dieser kalten Novembermorgende, an denen der weiße kühle Tau wie schwerelos in der Wiese hing und die leicht bedeckten Tannengipfel unter der kühlen Last zu frieren schienen.

Dichte Wolken glichen einer flauschigen Decke, die zwischen den eisigen Gipfeln und den protzigen Hochhäusern der Stadt hing. Einer Stadt, die noch tief und wohlbesonnen schlief zur kältesten Zeit des Jahres.

Die ersten Sonnenstrahlen, die sich mühsam den Weg durch die dicke Wolkendecke bahnten, spiegelten sich auf der glatten Oberfläche des gefrorenen Sees. Leise Pfiffe unterkühlter Vögel drangen zwischen den Ästen umherstehender Bäume hervor. Es schien ein völlig unbeschwerter, gewöhnlicher Wintermorgen zu sein. Es war der achte Tag des Monats und ab heute sollte sich einiges ändern.

Mein Name ist vorerst uninteressant. Das werden Sie früher oder später merken.

Mein bisheriges Leben bediente sich durchschnittlicher Anonymität, was höchstwahrscheinlich jeder ohne Weiteres von sich behaupten würde, säße er nicht Champagner trinkend auf dem eigenen Privatschiff.

Zumindest dachte ich das.

Zugegeben dachte ich an sehr viel, wenn ich alles um mich herum beobachtete. Ich fing irgendwann an, mir Fragen zu stellen, auf die das Leben ohne weiteres keine Antworten liefert. Das hängt wahrscheinlich mit meiner Arbeit zusammen. Aber alles zu seiner Zeit.

Da saß ich also: Dick eingepackt in meinem eindeutig zu großen Wintermantel auf einer alten Parkbank und starrte in die weiße Ferne. Ich hatte mich für diese Bank entschieden, weil ich ohnehin immer dort saß und weil man sie gut geschützt unter einer alten Tanne platziert hatte.

Hinter der kleinen Eisfläche bahnte sich ein grauer Fußpfad, inmitten des endlosen Winterlandes, seinen Weg. Mit diesem konnte man den Park problemlos als Abkürzung einplanen.

Doch für mich war dieser Fleck Natur mehr als die Möglichkeit, Zeit einzusparen. Ich kam tagtäglich her und setzte mich zur selben Uhrzeit auf dieselbe Bank, um denselben Leuten bei denselben Tätigkeiten zuzuschauen. „Merkwürdig", denken Sie? Na, dann warten Sie mal ab.

Da war zum Beispiel der kleine Junge, der kurz vor sieben erschien und sein Pausenbrot entsorgte. Oder die Frau, die etwa eine halbe Stunde später mit rasender Geschwindigkeit an mir vorbei zog, nur, um den letzten Bus zu bekommen.

Ob jemand wusste, dass ich sie alle beobachtete?

Den alten Mann, den kleinen Jungen, die Sprinterin, die Dame mit dem Hund.

Nein, ich denke nicht! Ich war unsichtbar. Niemand grüßte mich, ich grüßte niemanden.

Und ich kann mir gut vorstellen, was Sie nun von mir denken. Doch glauben Sie es ruhig, schon bald kann man mir mehr vorwerfen als lächerliches Stalking.

Und um diese Uhrzeit hatten die Menschen so oder so andere Probleme. Ich meine, wir reden hier von Greenville, einer Kleinstadt im Herzen Ohios. Äußerlich die wohl perfekte Vorzeigestadt. Sauber, ordentlich und diszipliniert.

Sie suchen Wohlstand und Ordnung? Dann kommen sie nach Greenville. Doch so ironisch das auch klingen mag, unsere Stadt war weder das letzte Licht am Nachthimmel

noch der heilige Schein, den jeder hier so krampfhaft versuchte zu wahren. Diese Stadt, unsere Stadt, war innerlich verseucht, verfault und falsch. Während die Bewohner ihren täglichen Aufgaben nachgingen, hing die Dunkelheit einer schrecklichen Tat in den Gedächtnissen der Menschen fest. Wie ein peinliches Vorkommnis verdrängte man die Grausamkeit, die zwischen glänzendem Schein und funkelndem Perfektionismus keimte. Man verbannte sie stumm und ignorant. So als sei sie eine erfundene Geschichte ohne Happy-End. Einfach keiner Erinnerung würdig!
Denn dort, wo die Sonne scheint, fällt auch Schatten.
Schon bald werden Sie wissen, wovon ich rede.

Und so anmutend und ästhetisch die plüschig weiße Landschaft auch schien, es war bitterlich kalt. Ich hatte meinen hellgrauen Mantel bis unters Kinn zugeknöpft und dennoch gefror mein Atem bei jedem Zug aufs Neue. Mein Blick wanderte über die vereiste Umgebung, weiter und weiter. Bis er an einem kleinen Spielplatz am Rande des Parks hängen blieb.
Eine Frau mittleren Alters, schätze ich, hatte sich kaffeeschlürfend auf einer der vorgesehenen Sitzmöglichkeiten niedergelassen. Ihre kleinen Hände waren in dicke Wollhandschuhe eingepackt und obwohl ihr trendiges Heißgetränk noch vor sich hin qualmte, stellte sie es behutsam neben sich ab, um einen kleinen Jungen vom Klettergerüst runter zu heben.
Ihr braunes, hochgestecktes Haar und die weit nach vorn geschobene Brille, die streng auf ihrer Nasenspitze thronte, ließen mich annehmen, dass sie ihre Kinder mit harter Hand erzog. Ein etwas größerer Junge schaukelte unterdessen unermüdlich unter der klapprigen und verrosteten Stange. Dies verursachte ein immer wiederkehrendes leises Quietschen, das neben den zwitschernden Vögeln für eine unangenehme Geräuschkulisse sorgte.
Naja, besser als Totenstille. Alles ist besser als Totenstille!
Die schätzungsweise vierzigjährige Frau griff gekonnt in ihr Gesicht, um die Designerbrille von der Nase auf den Kopf zu setzen. Die Hände verschwanden samt der Wollhandschuhe

in ihren großen Manteltaschen.

Sie kehrte zur Parkbank zurück und nahm auf der gleichen Stelle Platz, auf der sie noch vor wenigen Minuten ihren Kaffee genoss. Dabei schien ihr nicht einmal aufzufallen, dass das Getränk gar nicht mehr neben ihr stand. Es interessierte sie einfach nicht, so als hätte sie es dort gelassen, damit es verschwindet. Ich hätte zu gerne gesehen, wer für diesen kleinen fiesen Diebstahl verantwortlich war.

Ich ahnte noch nicht, was folgen würde, sonst wäre ich wohl aufgestanden, zum Ausgang des Parks gestapft und hätte dem geliebten Fleck Natur auf Nimmerwiedersehen gewünscht.

Ich zog meine rechte Hand aus meinem grauen Mantel und warf einen Blick auf meine Armbanduhr. „Noch zehn Minuten", murmelte ich vor mich hin und richtete meine Aufmerksamkeit wieder auf das eben beobachtete Geschehen. Doch ich konnte nichts als weißes Fell erkennen. Das Fell einer Winterjacke versperrte mir plötzlich die perfekte Sicht. Ich hob meinen Kopf, um das Gesicht der offenbar unverschämten Person zu erkennen, die ungeniert vor mir zum Stehen kam.

Doch bevor ich die richtigen Worte fand, setzte sie sich ungefragt auf die freie Bankfläche links neben mir. „Nette Aussicht, nicht wahr?", wollte sie mit sanfter Stimme wissen.

Ich drehte meinen Kopf in die Richtung, aus der die Frage kam. „Ja. Nur etwas kalt.", betonte ich stotternd und hoffte auf ein schnelles Ende dieser unangenehmen Konversation. Hatte sie mich beobachtet? Wusste sie, warum ich hier sitze?

Überfordert musterte ich die Frau, die gerade dreist ein Gespräch erzwang. Ihre langen, hellblonden Haare fielen schwerelos über ihre zierlichen Schultern, die von weißem Tierfell bedeckt waren. Ihr Gesicht schien kühl und blass neben den vollen, knallroten Lippen.

Darunter trug sie einen kurzen schwarzen Rock mit roten Kirschen darauf, denke ich.

Um ehrlich zu sein, kann ich mich daran nicht mehr genau erinnern. Aber wer entschied sich bei diesen frostigen Temperaturen für den luftigsten Rock im Schrank?

Irritiert versuchte ich, mir eine passende Erklärung hierfür einfallen zu lassen, aber es ergab keinen Sinn. Genauso wenig wie die Tatsache, dass sie das Gespräch mit mir suchte, ohne ihr Anliegen zu nennen. Ich strich mir, etwas unwohl, meine langen braunen Haare aus der Stirn und versuchte, wie bisher, Blickkontakt zu vermeiden.

Doch im Augenwinkel erkannte ich, dass sie nach ihrer kleinen silbernen Tasche griff und diese langsam öffnete. Sie nahm eine schwarze Sonnenbrille heraus und setzte sie auf. Auch dies machte in meinen, und vor allem vor ihren Augen, keinen Sinn, denn die Sonne war seit wenigen Minuten hinter dicken Wolken verschwunden. Ich hörte allerdings auf zu grübeln, denn keine ihrer Taten schien logisch zu sein.

Nervös warf ich einen zweiten Blick auf meine Uhr. „Noch fünf Minuten!"

„Und was sagt die Uhr, junger Mann?", erkundigte sich die Dame, die mich offensichtlich beobachtet haben musste. Ihr Kopf war immer noch auf den Park gerichtet, auf den kleinen Spielplatz und die spielende Familie. „Fünf vor Acht", erwiderte ich prompt, um ihr zu signalisieren, dass ich weder an Smalltalk interessiert war, noch die Zeit dafür hatte. Ob es unhöflich wäre, nun aufzustehen und das Weite zu suchen, obwohl sie offensichtlich nach Gesellschaft suchte? Ich schaute in die Ferne.

Die strenge Frau und die Kinder standen wieder in der Nähe des Klettergerüsts, als sich der ungebetene Gast links von mir erneut zu Wort meldete: „Wird es nicht langsam Zeit, Herr Levis?" Ich zuckte zusammen.

Mir wurde schlagartig kalt.

Die merkwürdige Situation wurde soeben zu einer Psycho Situation.

Die eigenartige Frau war nun vielmehr angsteinflößend als dreist. Die Art, wie sie es sagte, ließ mein Herz lauter pochen. Ihre kühle, leise Stimme und ihr Kopf, der starr auf das Klettergerüst gerichtet war, machten mir Angst. Ich schaute der seltsamen Dame noch einmal ins Gesicht und versuchte, mich an sie zu erinnern, doch ich war mir sicher, naja, fast zu hundert Prozent, dass wir uns noch nie getroffen, geschweige denn unterhalten hatten.

„Kennen wir uns?", unterbrach ich das Schweigen. Ihr Kopf drehte sich langsam in meine Richtung und ihre vollen, roten Lippen begannen zu antworten: „Sie haben die Frage ganz offensichtlich falsch gestellt, Herr Levis!"
Wie gebannt hing ich an ihren Lippen fest und konzentrierte mich auf jedes eiskalte Wort.
„Also, Sie kennen mich definitiv nicht, was nicht bedeutet, dass ich Sie nicht kenne! Sie heißen Dave Levis, sind 38 Jahre alt, wohnen in der Arthikstreet 18 und kommen jeden Morgen hierher, bevor sie dann, um kurz nach acht, genauso unbeholfen wieder verschwinden, um den letzten Frühzug zum Gefängnis nicht zu verpassen.
Sie hätten mich also treffender fragen können, woher ich Sie kenne!"
Ich stand unter Schock. Woher wusste diese arrogante Ziege so viel über mich, ich aber nichts über sie? Dieses Treffen schien alles andere als ungeplant und spontan gewesen zu sein, das wurde mir schnell bewusst. Sie hatte mich studiert und kannte meinen Tagesablauf. Obwohl ich Tag für Tag dort saß und Menschen beobachtete, fürchtete ich mich vor dem, was sie noch wusste. Wer war sie und was wollte sie? Warum sprach sie mich ausgerechnet heute an? Ich war ratlos und brachte keinen Ton heraus.
„Keine Sorge, Sie werden mich früh genug kennen lernen Herr Levis. Ich zähle auf Sie!", fügte sie ihrem merkwürdigen Vortrag hinzu und stand langsam auf. Ihre Hand griff nach dem langen Stock links von ihr.
Sie hielt ihn vor sich auf den Boden und tastete sich vorsichtig den Weg entlang.
Ich saß noch immer wie angewurzelt auf der Ecke der Parkbank und schaute der merkwürdigen Dame hinterher, während diese in der weißen Landschaft verschwand. Verwirrt und fragend ließ sie mich in eisiger Kälte zurück.

Neben mir lag eine dunkelrote Visitenkarte auf der Parkbank. Ob sie diese versehentlich verloren hatte? Mittlerweile weiß ich, dass diese Karte kein zufälliger Verlust gewesen war, denn ab dem heutigen Tage sollte nichts mehr durch Zufall geschehen.

Alle Eventualitäten waren geplant, alle schicksalhaften Fügungen waren vorbestimmt und ich war irgendwie mittendrin. Auf der Karte waren in goldener, edler Schrift die Worte „CGY-Company-3" und eine zehnstellige Telefonnummer gedruckt. Doch was sollte ich damit anfangen und warum sprach die eigenartige Dame ausgerechnet mich an? Ich ließ sie an Ort und Stelle liegen, als ich wenige Sekunden später Richtung Bahngleis ging.

Ob jemand wusste, dass ich sie alle beobachtete? Den alten Mann, den kleinen Jungen, die Sprinterin, die Dame mit dem Hund, die strenge Frau.

Ich war mir nicht mehr sicher!

Als ich wenige Minuten später in den Zug einstieg, hinterfragte ich noch immer dieses eigenartige Treffen im Park. Wer war diese Frau und warum brauchte sie eine Art Blindenstock, um den Park zu verlassen? War sie es womöglich? Aber warum wusste sie dann, dass ich auf meine Uhr geschaut hatte? Sie ließ an jenem Tag nicht nur eine fragwürdige Visitenkarte auf der alten Parkbank zurück, sondern auch einen fragenden Menschen. Mich.

Ein lauter Knall unterbrach die Stille eines großen Hofes, als sich die Hintertüren des Gefängnisses einladend öffneten.

Ich stapfte mit meinen schwarzen, hohen Schuhen den langen Trakt zum Sicherheitsschalter entlang.

Das Knirschen meiner Schritte stoppte, als ich meine ID-Karte auf den Scanner hielt. „Guten Morgen, Dave", wünschte mir die freundliche Stimme hinter der Glasfront. Wie jeden Tag, so als wäre es ein immer wiederkehrendes Déjà-vu.

Sie sah genauso aus, wie sie es die letzten Jahre immer tat. Ihre dunkelbraunen Haare hatte die etwas stämmige Frau zu einem Pferdeschwanz nach hinten gebunden.

Sie trug die blau-graue Standarduniform und natürlich ihren hellgrünen Wollschal. Das war Kathy und so kannte man sie. Stets freundlich und diszipliniert. Ich habe keine Ahnung wie lange sie diesen Job schon machte, aber seit jeher war sie wohl die gute Seele des Hauses. Sofern man ein Gefängnis als Haus bezeichnen kann.

Früh morgens grüßte sie, abends gab sie uns Mitarbeitern eine Weisheit mit auf den Weg. Ich wette, genau das war auch ihr Tagesziel! Während sie den Eingangsbereich kontrollierte, grübelte sie nach einem tiefgründigen Spruch oder einer Moral, die sie den einfältigen Wärtern mit ins reale Leben geben konnte.

Und egal, wie eigenartig sich das nun anhört, hier drin spreche ich nicht von der Wirklichkeit, viel eher von einem gefährlichen Spiel, einem, in dem du aufpassen musst, was du zu wem sagst. Einem, in dem es egal ist, wie du aussiehst und wo du herkommst, denn hier gelten die Regeln des Stärkeren und wenn du am Abend noch wohlgestimmt die zweite Sicherheitstür am Ende des Eingangstraktes erreichen willst, musst du schlauer sein als der Stärkste hier. Denn wenn du hier Kontakt mit Menschen hast, die vor Mord und Kindesentführung nicht zurückschrecken, verhältst du dich anders als vor diesen Mauern.

„Es wurde etwas für sie abgegeben, Dave", informierte mich die reizende Brünette auf der anderen Seite des Schalters als ich lächelnd eintrat.

„Danke Kathy. Netter Schal", erwiderte ich, als hinter mir die schweren Gittertüren zufielen.

Natürlich war der Schal nett, allerdings sagte ich das jeden Morgen zu ihr, um mich über die Tatsache lustig zu machen, dass es konstant der gleiche war.

Ich stellte meine Tasche neben den Spind mit der Nummer vier und öffnete ihn.

Es waren diese grünen, alten Schulkästen, die sicherer als Regale und billiger als richtige Schließfächer waren. Ein Dutzend stand hier auf der Nordseite des Gefängnisses, die andere Hälfte gegenüber, doch um ganz ehrlich zu sein, wusste ich nicht genau wo, denn auf Grund der Lage meines Spinds und der Freundlichkeit von Kathy wählte ich absolut immer den Nordeingang. Ich zog meine grau-blaue Uniform über und lud meine Baseball Tasche samt Mantel in den klapprigen, absperrbaren Kasten. Als plötzlich eine Hand auf meine Schulter klopfte: „Na Dean, alles klar?", lachte eine dunkle Stimme hinter mir.

Dean? Ernsthaft? Ich weiß immer noch nicht, warum er das aus meinem Namen gemacht hat. Er fand wohl, ich sähe aus, wie einer dieser Hollywood Schauspieler und weil die für ihn alle Dean heißen... Naja, Sie wissen was ich meine.

Ich sah Brandon, wenn überhaupt, nur morgens und dann auch nur für maximal eine Stunde. Ein Glück, dass unsere Schichten zeitversetzt liefen und das meine ich ernst. „Tag, Brandon", erwiderte ich genervt und ließ die Spindtür langsam ins Schloss fallen.

Brandon hob seinen Fuß auf die Bank in der Mitte des Raumes und begann, seine Schuhe aufzuschnüren. Er hatte sich diese neuen Sicherheitsschuhe gekauft, weil ihm seine protzigen Lackschuhe, die er außerhalb dieses "Hauses" trug, zu wertvoll waren.

Also wechselte er zweimal am Tag seine Fußbekleidung, ohne zu wissen, dass seine Arbeitsschuhe wesentlich erträglicher waren. „Sie haben wieder vergessen, ihre Uhr auszuziehen, Dave", lachte Kathy, als ich erneut vor ihr Büro trat, diesmal allerdings von der anderen Seite. Wie der Zufall es wollte, vergaß ich jeden Tag, meine Uhr in den Spind zu legen. Und zu meinem Glück erkannte Kathy das auch regelmäßig, sodass ich sie unbesorgt in ihrem Büro lassen konnte.

Verstehen sie mich nicht falsch, ich vertraue der Sicherheit, die unsere Umkleiden gewährleisten, nur eben nicht so sehr wie der freundlichen Empfangsdame. Aus ihrem Büro drang wieder diese „Robbie-Williams-Musik". Ich glaube, irgendwer hatte ihr zum Abschied diese CD geschenkt und um uns allen das Leben etwas schwerer zu machen, hörte sie nun schnulzige Lieder auf Dauerschleife. Während im Hintergrund also der nächste Song startete, stellte sie vorsichtig ein viereckiges Paket auf den schmalen Tresen.

Mein Paket.

Mit einem sarkastischen Grinsen wies sie auf einen eigens beschriebenen Merkzettel hin, der gleich neben ihrem Büro angebracht war. „Ich bin nicht eure Angestellte" stand dort liebevoll geschwungen geschrieben. „Ach Kathy, weißt du was, könntest du das bis später hier verstauen? Sonst muss ich extra nochmal zurück.", bat ich mit meiner nettesten Stimme, um sie nicht noch mehr zu verärgern.

„Klasse, bist die Beste", hing ich an meine Bitte dran, um einer falschen Entscheidung ihrerseits vorzubeugen, dann drang ich weiter vor ins Innere des Zellentraktes.

Wenn ich Ihnen den Ablauf meiner alltäglichen Arbeit erklären würde, bräuchte ich wohl kaum länger als fünf Minuten. Und dennoch möchte niemand mit mir tauschen.

Das verwundert mich auch nicht, schließlich sind die abscheulichsten Menschen dieser Stadt Hauptbestandteil meiner Arbeit. Gleich zu Beginn des Hochsicherheits-Sektors, den wir liebevoll „HOSS" nennen, führen die Kollegen des Wachdienstes Kontrollen durch. Jeder Mensch, der diese Schwelle überschreitet, wird unweigerlich gecheckt und auf gefährliche Gegenstände geprüft. Routine eben!

Kennen Sie die Sicherheitsschleusen am Flughafen? Stellen Sie es sich so vor, nur eben angsteinflößender, denn dahinter erwarten Sie nicht Sonne, Meer und Strand, sondern Abschaum, Drogen und Gewalt. Grünes Licht! Also ging ich weiter geradeaus, durch die offene letzte Metalltür, die Freiheit und Isolation strikt trennte.

Beim Vorbeistampfen stellte ich mir immer die Frage: „Was wäre, wenn das Licht auf einmal Rot aufleuchtete?

Gäbe es einen Alarm und würde man denken ich wollte Sträflingen beim Ausbruch helfen?" Auf jeden Fall würden die großen Metalltüren vor mir zuschmettern, um eben genau das zu verhindern! Ich kramte einen kleinen Zettel aus meiner rechten Hosentasche.

„434" hatte ich mir am Rand notiert. Darunter eine kurze Beschreibung: „Schwerer Bankraub / Mord (John Kenar)".

Dies wird im Laufe meiner Geschichte eine größere Bedeutung bekommen, als mir zu diesem Zeitpunkt lieb war, aber woher sollte ich es wissen? Ahnungslos wartete ich also darauf, dass man mir die Tür zum Löwenkäfig aufsperrte. Natürlich war ich Tag für Tag einem großen Risiko ausgesetzt, denn die Männer, mit denen ich sprach, hatten nichts, wirklich gar nichts mehr zu verlieren.

Meistens waren es also 15 Minuten Unbehagen, ein paar Tränen und letztlich der Wunsch.

Mein Name ist Dave Levis und ich erfülle die letzten Wünsche der zum Tode verurteilten Mörder, Vergewaltiger und wer weiß, manchmal auch Unschuldigen. Sie wissen sicher, was man als Henkersmahlzeit bezeichnet und wenn nicht, finden sie es jetzt heraus.

Um es auf den Punkt zu bringen: Viele der Insassen bestellen sich an ihrem letzten Lebtag ihr Lieblingsgericht, wie etwa Schweinebraten oder Hamburger. Doch der letzte Wunsch kann auch etwas ganz anderes sein und ich spreche hier wirklich von etwas ganz Anderem. Zum Beispiel dem Schauen des Lieblingsfilmes oder dem Pflanzen eines Apfelbaumes. Ich scherze nicht, glauben Sie mir!

Sie wären überrascht, wenn Sie wüssten, was ich schon durch die Sicherheitskontrollen bringen musste, um den Abschied dieser verurteilten Menschen vorzubereiten. Nun kennen Sie meinen Job und wissen, was ich hier mache. Fehlt nur noch das „Warum?". Und ich bin mir sicher, dass Sie das im Laufe meiner Geschichte ebenfalls rausbekommen. Um es gleich vorweg zu sagen, ich baue zu keinem der Gefangenen hier eine emotionale Bindung auf, oder stell mir die Frage, ob sie vielleicht zu Unrecht hier festgehalten und getötet werden, denn das würde mich über kurz oder lang verrückt machen.

Ich vertraue da voll und ganz auf unser Rechtssystem, was im Gegenzug natürlich bedeutet, ich rede mit tatsächlichen Mördern und Vergewaltigern, die wie bereits erwähnt, nichts mehr zu verlieren haben. 15 Minuten, ein paar Tränen und letztlich der Wunsch! Diesmal sollte es anders kommen und ich war weder Hindernis noch Ziel, ich war die Munition für einen längst geplanten Schuss.

„Guten Tag, Herr Kenar!", grüßte ich laut und deutlich, als ich mich auf einen kleinen Holzstuhl in der Zelle setzte. Das mit dem richtigen Grüßen lernte ich im Laufe der Zeit gezwungenermaßen, denn wenn keiner Respekt vor dir hat, dann...

Naja, halten wir einfach fest, dass alles andere nicht gerade förderlich ist. Die Zellentür fiel mit einem lauten „Rums" ins Schloss und da waren wir nun.

Der Sträfling lag mit Handschellen auf seinem ungemütlich wirkenden Bett und kaute unbeeindruckt auf einem dieser Milcheisstiele herum.

Sein Bein hing gelassen über die rechte Bettkante bis hin zum Boden. „Na endlich, Officer!", grinste er in meine Richtung, während er sich anstrengen musste, damit das Eisstäbchen im Mund blieb. Um keinen Streit mit dem glatzköpfigen, stämmigen Mann anzufangen, ließ ich den offensichtlich unlustigen „Officer"-Witz kommentarlos stehen und versuchte, eine passende Überleitung zum „letzten Wunsch" zu finden.

Tja, das war ebenfalls ein Witz, denn es gab keine. Sind wir ehrlich, es gibt nie eine passende Überleitung zum Tod! Ich wäre schließlich ein Narr, wenn ich glauben würde, der Abschied von dieser Welt wäre leichter durch meine Arbeit. Ich kann das Warten auf den erlösenden Moment vielleicht etwas erträglicher machen, aber das war's auch schon.

„Müsstest du mich jetzt nicht sowas fragen wie: Wie geht es Ihnen so kurz vor ihrer Hinrichtung, oder was ich essen will, kurz bevor es soweit ist?", knatschte er zynisch.

Ich rutschte mit dem Stuhl etwas nach hinten.

Er kannte sich ja bestens aus. Ob er das hier öfter machte?

Ich legte den kleinen Zettel auf den Holztisch neben mir: „Wie geht es Ihnen so kurz vor der Hinrichtung?", wollte ich wie gefordert wissen, obwohl die Dämlichkeit dieser Frage absehbar war. Wie sollte es ihm schon gehen?

Er nahm das Eisstäbchen aus seinem Mund und warf es neben mich: „Erstaunlich gut. Findest du nicht, Officer?"

Und ja, es ging ihm tatsächlich ziemlich gut, fast besser als mir, wie es schien. Entweder hatte er schon mit der Situation abgeschlossen oder er war krank. Zweiteres bereitete mir etwas Angst, war aber nichts Ungewöhnliches in dieser Situation.

„Was wäre denn ihr letzter Wunsch?", fügte ich bei, ohne auf seine Gegenfrage weiter einzugehen. Und natürlich fing ich an, zu spekulieren. Darüber, was ihn jetzt in dieser Situation so glücklich machte, dass er nicht aufhören konnte zu grinsen. Ob er sich auf die bevorstehende Mahlzeit freute, oder was auch immer ihm in seinem kranken Kopf vorschwebte? Mein Blick musterte die Zelle des Verbrechers.

Auf dem kleinen Holztisch neben mir stand ein alter Fernseher neben einer verstaubten Lampe. Was auch so ziemlich sein einziger Besitz zu sein schien.

Der Wärter, der hinter den Gitterstäben der Zelle Wache hielt, schaute genervt auf seine Armbanduhr. John Kenar drehte sich auf seinem quietschenden Bett nach rechts: „Ich will in Ruhe Pfirsichkuchen essen und einen Reiseführer der Stadt!" Ich notierte mir auf meinem kleinen Zettel seinen Wunsch und packte ihn zurück in die Hosentasche.

So verließ ich die Höhle des Löwen, ohne einen weiteren Gedanken an diesen merkwürdigen Mann zu verlieren. Entweder hatte er schon mit der Situation abgeschlossen oder er war krank. Mittlerweile weiß ich, dass es keines von beidem war!

Ich habe schon deutlich eigenartigere Wünsche gehört.

Da wäre zum Beispiel der Serienmörder aus Zelle 201, der nach einer einzigen Olive verlangte, in der Hoffnung, aus ihm würde nach seinem Tod ein Olivenbaum wachsen. Ich scherze nicht, das war sein und mein voller Ernst. Also hätten Sie in dieser Situation auch nicht anders gehandelt. Sicher, ein Stadtplan war ein blöder Wunsch, weil er die Stadt nie mehr sehen sollte, aber wenigstens war es keine Olive. Hätte ich gewusst, was folgen würde, wäre ich wohl zurück in die Zelle gegangen und hätte andere Fragen gestellt.

Gegen 18:20 verließ ich an diesem Tag das Gefängnis. Natürlich nicht ohne über Brandons Paar Wechselschuhe zu stolpern und einen darauffolgenden Spruch von Kathy mit dem schönen Schal. „Hochmut kommt vor dem Fall, Dave!", rief sie mir fröhlich hinterher, als kannte ich diese praktische Lebensweisheit noch nicht und würde einen vorteilhaften Nutzen aus ihrem Kommentar ziehen.

Unter meinem Arm klemmte das Päckchen, das am selben Morgen abgegeben wurde. Am Handgelenk tickte die stylische Uhr, ohne die ich das Gefängnis nie verließ. Ich setzte mich in den letzten Zug Richtung Arthikstreet und fuhr in der Abenddämmerung heimwärts. Es musste im Laufe des Tages geschneit haben, denn meine hohen, schwarzen Stiefel versanken tief im kühlen Belag der Straße.

Knirschend drückte sich der Schnee unter meinem Gewicht zusammen, bis ich schließlich die Wohnungstür erreichte und endlich zu Hause war.

Meine triefenden Schuhe stellte ich im Eingangsbereich auf die Fußmatte, ohne dabei den Boden dreckig zu machen. Ich legte das Päckchen auf meinem Esstisch ab und ging ins Nebenzimmer.

Meinen langen grauen Wintermantel warf ich über einen der umher stehenden Stühle. Klingt vielleicht komisch, aber ich habe mir vor einigen Jahren einen dieser Sicherheitsoveralls mit Aramidenpolsterung bestellt. Man kann nie vorsichtig genug sein und Schnittverletzungen treten schneller auf als gedacht, vor allem im Todestrakt. Ich kramte aus der rechten Tasche den kleinen Zettel vom Vormittag hervor. Langsam faltete ich ihn auseinander und hing ihn mit einer Reisnadel an die Wand zu den anderen.

„Merkwürdiger Vogel", murmelte ich und ging zurück zum Esszimmertisch.

Ich nahm eine Schere, um das dort abgestellte Paket vorsichtig zu öffnen. Vielleicht wieder neue Arbeitskleidung oder Anordnungen vom Direktor. Es hatte etwa die Größe eines Schuhkartons, folglich hätte nahezu alles drin sein können, doch zugegeben, damit hätte ich nicht im Leben gerechnet.

Nachdem ich die Schere bei Seite gelegt hatte, drückte ich die gut verpackte Dachfläche nach außen. Ein Zettel und ein Kaffeebecher.

Merkwürdig! Es war genau derselbe Becher, den die strenge Frau ein Tag zuvor im Park verloren hatte. Ich griff nach dem Zettel, der direkt neben dem Becher klemmte. Fragend las ich den seltsamen Text: „Schon bald werden sie uns helfen müssen, Herr Levis. Wir wollen doch alle mit SICHERHEIT keinen Streit! Benehmen wir uns nicht wie KINDER! -CGY-Company-4-"

Die Worte „Sicherheit" und „Kinder" waren fettgedruckt geschrieben, so als wollte man mir etwas Angst machen. Nebendran steckte ein Foto. Ich war auf diesem Foto zu sehen. Ich und die Parkbank, die alte Tanne und der graue Weg, doch kein Schnee. Der erste Schneefall war mindestens ein Monat her und dieses Bild wurde...

Nein, es musste zuvor geschossen worden sein. Schockiert ließ ich mich auf den Stuhl neben mir fallen. Mein Herz raste wie das eines angeschossenen Rehs und genauso fühlte ich mich auch. Sollte das eine Drohung sein? Wollte man, dass ich aufhöre, zu beobachten oder war das nur ein schlechter Streich? Hatte diese eigenartige Frau vom Vormittag etwas damit zu tun? Ich kann nicht sagen, wie viele Fragen mir an jenem Abend durch den Kopf flogen. Sollte ich zur Polizei gehen?

Zitternd saß ich auf meiner Parkbank, unter der alten Tanne. Es war bitterlich kalt. Die letzte Nacht war schrecklich, denn ich hatte kaum ein Auge zugetan. Ich konnte mir keinen Reim darauf machen, was folgen würde.

Noch immer hoffte ich auf eine versteckte Kamera oder einen schlechten Scherz von meinen unwitzigen Kollegen. Vielleicht Brandon, der mir gleich wieder unnötig auf die Schulter haut und lacht, oder Kathy, die irgendwas von Moral faselt. Doch nichts dergleichen geschah. Stattdessen wartete ich auf die Frau mit den zwei kleinen Kindern.

Darauf, dass sie in etwa zehn Minuten um die Ecke kamen und ich ihr einige Fragen zu ihrem Kaffee stellen konnte.

Oder zu ihren Kindern. Vielleicht galt der Streich ja ohnehin ihr und nicht mir. Ich war wohl verzweifelter als es den Anschein machte, aber zu wissen, dass jemand einen, ohne Weiteres, Monate im Voraus beschattet und fotografiert hatte, machte mich krank vor Panik. Und was hätte ich sonst tun sollen?

Die blinde Frau vom Vortag hatte ich noch nie zuvor bemerkt und eigentlich war sie so gruselig, dass ich auch nicht auf ein Wiedersehen hoffte. Während ich so vor mich hin grübelte, vergingen die Minuten und es wurde kälter und kälter. Aber weder die Frau noch die Kinder tauchten auf. Leider kamen sie sonst jeden Morgen, ich wusste das, weil... naja, weil ich es eben wusste, doch an diesem Tag blieben sie weg. Ich dachte an einen Zufall und daran, dass der Kaffeebecher vielleicht doch nur mich betraf und nicht die strenge Mutter. Meine Hände froren extrem, mehr als sonst immer.

Ich ging zu der Schaukel auf der anderen Seite des Parks, doch auch das brachte mich nicht weiter. Im Augenwinkel erkannte ich einen zeitunglesenden, älteren Herrn.

Er saß gleich neben dem Klettergerüst und blätterte die Tageszeitung interessiert durch. Verzweifelt stapfte ich einige Schritte in seine Richtung. „Entschuldigen sie bitte", unterbrach ich seinen Lesefluss: „Können Sie mir vielleicht sagen, ob sie hier heute früh eine Frau mit zwei Kindern gesehen haben?" Der Mann zuckte zusammen. Seine ergrauten Haare ragten unter einer blauen Wollmütze hervor. Mit einer gezielten Handbewegung rückte er seine Brille etwas zur Nasenspitze hin, um drüber hinweg zu schauen: „Nein, tut mir leid, ich sitze aber auch erst..."

Doch seine Worte verloren gleich wieder meine Aufmerksamkeit, als ich den Aufdruck der Titelseite sah.

Schockiert starrte ich auf die Seiten in seiner Hand, fassungslos über die schreckliche Entdeckung, die ich soeben gemacht hatte.

„Junges Mädchen vermisst. Die Polizei bittet um ihre Mithilfe!" Meine Augen rasten über die Buchstaben. Meine Hände froren vor Kälte und die Zeitung flatterte im eisigen Wind. Ich überprüfte das Datum und das Aussehen des Kindes am

Tag des Verschwindens.

Alles passte!

Die Kleine hatte noch vor einem Tag hier geschaukelt. Es dauerte nicht lange, bis ich realisierte, dass die Drohung nie mir galt, sondern dem kleinen Mädchen auf der Schaukel, deren strenge Mutter den Kaffee trank. Wer auch immer dahinter steckte, schien irgendetwas von mir zu wollen, doch wusste ich zu diesem Zeitpunkt weder was es war noch warum.

Verwirrt starrte der alte Herr mich an, bevor er sich ratlos wieder seiner Zeitung widmete. Sofort rannte ich zum Ausgang des Parks. Ich musste etwas unternehmen und beschloss, auf direktem Wege zum Polizeipräsidium zu fahren. Wenn diese eigenartige blinde Frau vom Vortag etwas mit dem Verschwinden des kleinen, hilflosen Mädchens zu tun hatte, dann würden sie es sicher herausfinden.

Die ersten 24 Stunden sind in einem Vermisstenfall immer die wichtigsten, gerade wenn es um ein kleines Kind geht. Meine Beine wurden schneller, bis sie rasten wie mein Herz. Mit Ach und Krach schaffte ich es, den nächsten Bus Richtung Stadtmitte zu erwischen.

Ich ließ mich etwas erleichtert, aber nicht weniger blass auf den Stuhl hinter dem breiten Schreibtisch fallen.

Im Hintergrund hörte ich Drucker und die Tasten von Computern klappern. Vor mir hatte man hohe Türme aus Akten und Formularen aufgestapelt.

Von draußen drangen leise Sirenen ins Innere des Gebäudes vor, die sich mit den nervigen Klingeltönen eingehender Anrufe mischten.

„Also, was kann ich für sie tun?", brummte eine dunkle Stimme hinter dem beladenen Pult.

Der Kopf eines kleinen, molligen Beamten lugte hinter einem Monitor hervor.

Sein Stuhl rollte nach links, um besseren Sichtkontakt herzustellen und um mir meinen Ausweis zurück zu geben.

Ich nahm den Zettel aus meiner Tasche, den ich am vorigen Abend mitsamt dem Schuhkarton erhielt. Angespannt faltete ich ihn auf: „Ich habe Hinweise bezüglich des vermissten

Mädchens!"
Der Polizist hakte ein: „Welches vermisste Mädchen?" Fragend schaute er in meine Augen, so als hätte er überhaupt keine Ahnung, wovon ich spreche. „Na das Mädchen, das seit gestern verschwunden ist!", betonte ich und sah mich nach einer umherliegenden Tageszeitung um. „Haben sie hier irgendwo die Zeitung von heute? Es steht doch gleich auf der ersten Seite!", bekräftigte ich erneut, doch die Reaktion war anders als erwartet. Meine Hände schwitzten und mir wurde heiß. Der uninformierte Kommissar rollte nach hinten zum Nachbartisch und zog eine Zeitung unter einem Aktenstapel heraus.

Er blätterte langsam zur ersten Seite zurück, um nichts zu übersehen. Missverstanden sah ich umher, doch nichts und niemand konnte die unangenehme Situation erträglicher machen. „Nichts! Ich finde hier überhaupt nichts!", hielt der Beamte fest: „Außerdem wüssten wir von einem vermissten Kind sicher vor der Tageszeitung!"

Ich kann nicht mehr genau sagen, was ich in jenem Moment fühlte, denn einerseits war da diese Erleichterung, dass es dem kleinen Mädchen gut geht, doch andererseits war ich das Opfer eines riesengroßen, schlechten Streiches geworden.

Man hatte mich hinters Licht geführt und ich bin von Anfang an drauf reingefallen. Ich weiß noch, wie genervt der Beamte sich im Anschluss den Brief durchlas, während ich mich in Grund und Boden schämte. Er überprüfte, auf meinen Wunsch hin, die angegebene Adresse.

Leider sollten weder er noch ich im späteren Verlauf etwas darüber herausfinden, was „CGY-Company" in Wirklichkeit war.
Ich hatte weder richtige Beweise noch aussagekräftige Zeugen für eine nie begangene Tat. Besser einmal zu oft bei der Polizei als einmal zu wenig, nicht wahr?
Nun, das sollte sich als schwerwiegender Fehler herausstellen. Denn für den Polizisten stand ich nun in Verbindung mit einer ausgedachten Kindesentführung. Und sagen wir es mal so: Mein Vorstrafenregister ist nicht gerade weiß.

Ich wollte die Seite des Apfels wählen, denn ich glaubte, ich wäre in der Position, sie wählen zu können. In der Position, selber zu entscheiden, was ich gegen die nahende Bedrohung unternehmen kann.

Doch sowohl Sie als auch ich wissen seit Beginn, wie die Sache mit der Wahl enden wird!

- Kapitel 2 -

Am nächsten Morgen riss mich der Wecker abrupt aus meinen Träumen.
Todmüde schleppte ich meinen Körper ins Badezimmer. Ein kalter Windzug ließ meine nackten Füße auf den ohnehin schon kalten Fliesen zittern. Die Gardinen schlugen ins Innere des Raumes. Ich hatte wohl am vergangenen Abend vergessen, das Fenster zu schließen. Ich lehnte mich gegen das Waschbecken und trank einige Schlucke aus dem geöffneten Wasserhahn. Mit meinen nassen Händen strich ich mir durchs Gesicht. Schneeschaufelnde Menschen dominierten die Geräusche, die von draußen eindrangen. Nachdem ich das Fenster geschlossen hatte, wurde es still.
Der Toaster schmiss im Nebenraum mein Frühstück in die Luft. Zweimal Marmelade, einmal Kaffee und keine Ahnung, was mich an jenem Tag erwarten sollte.
Mit einem der Toasts im Mund nahm ich den letzten Rest des lauwarmen Getränks und schlenderte in mein Arbeitszimmer. Der blaue Overall hing zusammengefaltet über meinem Schreibtischstuhl und wartete bereits auf seinen täglichen Einsatz. Mit einem letzten Blick sah ich rüber zu meiner selbstgeschaffenen Dokumentarwand. Zweiundzwanzig kleine hellblaue Zettel hingen hier angepinnt neben-, unter- und übereinander. Ein perfektes Konstrukt meiner Arbeit. Alle wichtigen Informationen auf einen Blick, greifbar nahe. Ich könnte auf der Stelle sagen, wer, wann, wegen was verurteilt wurde und was er sich gewünscht hatte.
Merken Sie sich jedes Detail, genauso wie ich es tue.

Ich stapfte über die weiß belegten Fußgängerwege und der kühle Schnee der Nacht knirschte, wie jeden Morgen, unter der dicken Sohle meiner Stiefel. Die Straßenlaternen brannten um ihre letzten Minuten und die ersten Autos hinterließen Reifenspuren auf der zugeschneiten Straße.
Ich wechselte die Seite und der Unberührtheit des Schnees zu Folge war ich an diesem Morgen auch der Erste, der das tat. Vor einer kleinen Konditorei machte ich Halt und stampfte mit meinen Schuhen auf den freigeschaufelten As-

phalt. Als ich die rustikale Holztür öffnete und eintrat, kündigte über mir eine Glocke meinen Besuch an.

Der Duft von Frischgebackenem erfüllte den Raum.

„Komme sofort", rief eine Frauenstimme von irgendwo hinter den Törtchen. Hungrig musterte ich die bunten Cupcakes, die hinter dem Tresen leuchteten.

„Ich hätte gerne zwei Bagels und diesen Pfirsichkuchen." Die freundliche Frau packte den Kuchen in eine von diesen runden Papierboxen und legte die Tüte mit den Bagels oben drauf. Ich wette, sie war Ende vierzig und ihr Mann war wohl gerade im Lager oder so. Vielleicht Mehl holen oder Milch. Auf ihrer roten Schürze waren kleine Kochmützen aufgedruckt. Ich kramte mein Portemonnaie aus der Manteltasche.

Das schulterlange blonde Haar, hatte sie mit einem Haarreif nach hinten gesteckt. Sie war kaum größer als eins sechzig, vielleicht eins siebzig, wenn es hochkommt.

Es läutete ein zweites Mal und mit erneutem Aufgehen der Ladentür wurde es kälter.

Ich steuerte den Park an und spürte, dass der Kuchen in meiner Hand noch warm war, zumindest wärmer als meine Hände. Heute würde sich sicher alles aufklären, redete ich mir ein, während ich mein Ziel erreichte. Ich schaute auf meine Armbanduhr. Noch zehn Minuten und vielleicht sollte ich dann all meine Antworten erhalten.

Noch zehn Minuten und die strenge Frau würde mit ihrem nicht verschwunden Kind zum Parkeingang spazieren und die Schaukel ansteuern. Noch zehn Minuten und die Blinde mit den weißen Haaren würde mir auf die Schulter klopfen und mir die versteckten Kameras im Park zeigen. Noch zehn Minuten und es sollte alles anders kommen als gedacht.

Der Kuchen fror neben mir auf der Bank und Minute um Minute verging, in der nichts geschah. Der kleine Junge rechts von mir entsorgte wie üblich sein Pausenbrot. Da, die Frau, die anscheinend nichts vom frühen Aufstehen hielt, sprintete an mir vorbei.

Es war knapp, aber sie erwischte ihren Bus, wie immer!

Ich rieb meine Hände aneinander und steckte sie zurück in

die windgeschützten Manteltaschen.

Und da kamen sie... Endlich!

Die strenge Frau mit ihren beiden Kindern. Sie trank einen Kaffee und schaute den Kleinen beim Klettern zu. Alles hatte seinen gewohnten Ablauf, bis ich bemerkte, dass eines der Kinder einen Verband am linken Handgelenk trug.

Es war das Kind, von dem ich wenige Stunden zuvor noch glaubte, es sei verschwunden. Höchstwahrscheinlich waren sie aus genau diesem Grund am Vortag auch nicht aufgetaucht. Zu gerne wollte ich wissen, warum die Kleine an der Hand verletzt war, ausgerechnet nachdem man mich eingeschüchtert hatte. Doch ich konnte ja schlecht hinunter trampeln und mit der Tür ins Haus fallen.

„Entschuldigen sie bitte, gute Frau, ich war gestern wegen ihres Kindes bei der Polizei, weil ich dachte, es sei entführt worden..." Seien wir mal ehrlich: Das wäre mehr als angsteinflößend und in keiner Weise förderlich für meine Situation gewesen.

„Zum Glück hat nur jemand ihrem Kind die Hand gebrochen, ich dachte schon, es wäre weg!"

Wie ich so auf das Klettergerüst starrte, malte ich mir die eigenartigsten Dialoge aus. Ich meine, was hätte sie antworten sollen?

„Oh wie nett, dass sie gestern schon mal provisorisch bei der Polizei waren und die Entführung meines Kindes angesprochen haben... Bis jetzt ist es halt noch hier!"

Ich grinste, einfach weil ich erleichtert war und weil ich mir ein solches Gespräch mit der strengen Frau vorstellte. Ich grinste, weil ich einen Moment glaubte, der Spuk sei vorüber. Ich wollte gerade nach dem Kuchen und den Bagels greifen, als plötzlich mein Handy klingelte.

„Unterdrückte Nummer", bis dato nichts Ungewöhnliches, würde ich behaupten.

Ich hielt das Handy ans rechte Ohr, während ich das linke mit der anderen Hand zuhielt, um die quietschende Schaukel zu überdecken.

„Guten Tag Herr Levis", drang aus dem Lautsprecher. Es war die gleiche, eiskalte Stimme, die schon Tage zuvor ein unerwünschtes Gespräch erzwang.

Keine zwei Sekunden dauerte es, bis ich begriff, dass was auch immer hier lief, nicht vorbei war, sondern gerade erst begann!

„Was wollen sie von mir? Woher haben sie meine Nummer? Und meinen Namen? Ach, wissen sie was, es ist mir scheißegal! Wenn sie nicht sofort aufhören mit der Scheiße hier, ruf ich die Polizei! Verstanden?", schnauzte ich wütend gegen den Bildschirm.

„Aber da waren Sie doch schon, Herr Levis. Und wie viel das gebracht hat, wissen Sie genauso gut wie ich! Sie haben in unserem kleinen Päckchen sicher schon das Foto gefunden. Das, auf dem sie morgens auf einer Parkbank sitzen und wen auch immer anstarren.

Finden sie das nicht auch komisch?

Es ist doch komisch, oder nicht?

Denn das ist Monate her und Sie sitzen immer noch da!"

„Was um Himmels Willen wollen Sie von mir? Ist da die gestörte Frau von letztens? Wenn Sie mich nicht sofort in Ruhe lassen, gehe ich nochmal zur Polizei! Jetzt verstanden?"

„Nun, zunächst einmal möchte ich, dass Sie sich ein zweites Foto ansehen! Vielleicht gefällt Ihnen hier die Kameraarbeit ja besser!

Es befindet sich hinten rechts in ihrer Overalltasche!"

Meine Finger begannen, zu schwitzen, obwohl mir zu kalt dafür war. Ich griff nach hinten in die Hosentasche und es war tatsächlich etwas darin. Wann hatten sie mir das zugesteckt? Schockiert nahm ich das Bild hervor. Ich zitterte. Wie angewurzelt stand ich neben der Parkbank und brachte keinen Ton heraus, während meine Augen das Foto löcherten. Meine Hände bebten im eiskalten Wind.

„Nun, Herr Levis, vielleicht verstehen wir uns jetzt besser. Ihnen dürften mittlerweile beide Personen auf diesem Bild bekannt sein.

Ich bin mir ebenfalls sicher, dass Ihnen das Wohl, von zumindest einem Kind am Herzen liegt, also verbleiben Sie und ich mit folgenden Möglichkeiten:

Entweder Sie tun uns einen Gefallen und erledigen kooperativ ihre Aufgabe oder aber wir sehen uns gezwungen, weitere, etwas unbequemere Schritte einzuleiten.

Sie haben die Wahl, aber Sie möchten doch sicher verhindern, dass Ihrer Tochter etwas zustößt, Herr Levis?"

Erschüttert ließ ich mich auf die Bank zurückfallen und schaute hinüber zu den spielenden Kindern. Mir war zu jenem Zeitpunkt klar, dass ich nicht in der Lage war, eine logische Entscheidung zu treffen, Sie werden das früher oder später verstehen, denke ich. Ich starrte immer noch wie betäubt auf das Foto: „Was wollen Sie, verdammt nochmal?" Meine Stimme wurde lauter. Zornig drückte ich das Handy dichter an mein Ohr.

„Gut, dass Sie fragen.", freute sich die provokante Stimme auf der anderen Seite: „Wir haben Ihnen ein zweites Päckchen in ihre Wohnung gelegt. Sie müssten diese Post für uns ausliefern, aber keine Sorge, wir verlangen natürlich keinerlei Umwege von Ihnen.

Sie sollen es lediglich mit zur Arbeit nehmen. Adresse ist die Zellennummer 434 und wir werden merken, wenn es nicht dort ankommt! Wir sind in der Lage, das GPS-Signal des Pakets nachzuverfolgen! Bringen Sie es woanders hin... Bringen wir Mara woanders hin! Sie haben 4 Stunden! Also hier meine Gegenfrage, haben Sie es verstanden?"

„Sie wollen, dass ich ein Paket in das am besten gesicherte Gebäude in Greenville schmuggle? Spinnen Sie komplett? Sind Sie irre? Wie soll das funktionieren?"

„Tja, dann lassen Sie sich was einfallen, ansonsten kommt hier Variante zwei: Wir wissen wo ihre Tochter wohnt, wer die Freunde der Kleinen sind, wann sie wohin geht und mit wem. Aber was noch viel wichtiger ist, wir haben die Fingerabdrücke eines Stalkers, der wegen einer angeblichen Kindesentführung bei der Polizei war. Wir haben Bilder von diesem Mann, der bereits Monate zuvor schon die kleine Freundin seiner Tochter im Park beobachtet hat. Tag für Tag. Wie schwer, glauben Sie, wird es für uns sein, einen Tatort mit ihren Spuren herzurichten, Herr Levis?

Wie oft sehen Sie ihre Kleine zurzeit? Mara, nicht wahr?

Wie oft haben Sie in den letzten Monaten Zeit mit ihr verbracht und wie oft haben sie dort gesessen und Kinder beobachtet?

Los, rennen Sie nochmal zur Polizei, aber das wird Mara nicht helfen, dafür lege ich die Hand ins Feuer!
Diesmal allerdings nicht die der kleinen Freundin, sondern ihre! Los, laufen sie schon!
Wer glaubt einem Mann, der alleine morgens im Park sitzt und kleine Kinder beobachtet?"
Ich nahm das Handy weg vom Ohr und legte auf. Fassungslos erstarrten Körper und Blick in eisiger Kälte. Ich kannte diese Situation aus unzähligen Krimis. Eine Person wird erpresst, geht nicht zur Polizei und bereut es im Nachhinein. Nun, diese Situation war komplizierter, glauben Sie mir. In einem Punkt behielt ich Recht: Es gab versteckte Kameras, aber keinen Streich, keine Show, keine Schauspieler. Nur einen lange vorbereiteten Plan.
Ich war mir sicher, man würde mich auch jetzt wieder beobachten, also nahm ich den Kuchen und die Croissants und ging dorthin zurück, wo der Tag begann und das besagte zweite Päckchen lag.
Zurück in meine Wohnung, ohne die leiseste Ahnung, was folgen würde.

Erinnern sie sich noch an Zellen-Insasse 434?
John Kenar war sein Name.
Verurteilt wegen Mordes in Tateinheit mit schwerem Bankraub. Unmöglich konnte ich diesem Verbrecher ein Päckchen zukommen lassen, in dem wer weiß welche Waffen enthalten sein konnten.
Das Schlimme war ohnehin, dass die gestörte Frau am Telefon schon bald demonstrieren würde, wie weit ihr Arm reichte.

Als ich die Wohnungstür aufsperren wollte, bemerkte ich, dass sie bereits geöffnet war. Jemand war vor mir hier gewesen oder womöglich noch drin. Ich ließ die Haustür sperrangelweit offen, während ich mich hinein wagte.
Mein Herz klopfte wie wild, als ich vorsichtig Zimmer für Zimmer betrat, um sicherzustellen, dass ich alleine war. Ich wollte gerade die Polizei verständigen, als mein Blick an den Bildern hängen blieb.

Geschockt schaute ich zur Wand hinüber, an der zahllose Bilder meiner Tochter hingen. Unter ihnen auch eins von mir auf der Parkbank. Eine Stunde zuvor konnte man hier noch meine Dokumentarwand bestaunen und nun das...!
Direkt davor lag ein Päckchen, das Päckchen, das ich ins Gefängnis schleusen sollte. Jemand war vor wenigen Minuten in meiner Wohnung gewesen und stand genau hier, wo ich nun stand. Voller Wut fing ich an, die Fotos von der Wand zu reißen. Meine Tochter auf dem Schulweg. Beim Spielen im Garten. Zusammen mit meiner Exfrau. Es waren etliche und ich wurde immer wütender mit jedem abgerissenen Stück.
Vor dem platzierten Paket fiel ich auf meine Knie und fing an, die Verpackung zu öffnen. Ich musste einfach wissen, worum es hier ging. Mit aller Kraft riss ich das Klebeband vom Karton runter. Innen fand ich eine schwarze Box, ohne Deckel, ohne Schlüsselloch. Einfach ein schwarzer kleiner Kasten. So etwas hatte ich noch nie zuvor gesehen. Ohne Knopf oder Einkerbung und auch im Internet konnte ich nichts Brauchbares dazu finden. Was wollte John Kenar mit dieser Box? Was konnte man damit anfangen?

An diesem Morgen bestellte ich sofort den Schlüsseldienst, um alle Schlösser auszutauschen. Ich kann gar nicht mehr genau sagen, wie oft ich Schränke, Bett und Türen abgesucht hatte, aus Angst jemanden zu finden, den ich nicht finden wollte.
Haben Sie sich schon mal unwohl im eigenen Haus gefühlt? Gedacht, jemand beobachtet Sie, bei allem was sie tun? Ich wusste nicht, ob vielleicht jetzt gerade eine Kamera auf mich gerichtet war. Jedenfalls hatte ich das Gefühl, jeder meiner Schritte würde überwacht werden. Vielleicht hätte ich die Polizei rufen sollen, aber was würde diese Menschen davon abhalten, meiner Tochter das heimzuzahlen?
Ich ging zurück in mein Arbeitszimmer und zog eine kleine Kiste unter meinem Schrank hervor. Es schien zwei Optionen für mich zu geben. Entweder zur Polizei zu gehen und das Wohl meiner Tochter gefährden oder deren kranken Forderungen nachzukommen.

Ich kramte ein kleines, hellblaues Notizbuch aus der Kiste und wischte den Staub ab. Wer auch immer die waren, sie schienen vorbereitet und gut durchdacht vorzugehen.

Es wurde Zeit, unvorhergesehen zu handeln. Also entschied ich mich, einen dritten, riskanteren Weg zu nehmen.

An diesem Morgen war ich gezwungen, deren perfides Spiel mitzuspielen, denn jeder falsche Schritt würde Konsequenzen nach sich ziehen. Ich packte die schwarze kleine Box in eine Tüte zusammen mit dem Pfirsichkuchen und den Bagels, als sich der Klingelton meines Handys plötzlich wieder meldete.

Schlagartig legte ich die Tüte zurück auf den Tisch. Meine Hände begannen zu zittern. Voller Panik nahm ich den Anruf entgegen.

„Dean? Wo bleibst du?", wollte Brandon genervt wissen. Erleichtert atmete ich auf. „Keine Sorge, bin schon auf dem Weg", erklärte ich und griff nach einem kleinen Handbuch in meiner Kommode, dann zog ich die Haustür hinter mir zu.

„Ja, beeil dich, Mensch", fauchte er: „Jemand aus der Einzelhaft würde gerne ein paar letzte Zeilen verfassen. Testament oder so. Du weißt doch, dass ich für so etwas nicht verantwortlich bin."

Ich fuhr mit dem Zug zum Gefängnis und biss ab und an in einen der Bagels. Ich prüfte die Menschen, die mich ansahen, die mich nicht ansahen. Einfach alle, die mich gerade verfolgen könnten. Da war dieser alte Mann, der die Tageszeitung las und die junge Frau, die wie wild auf ihrem Handy herumtippte. Machten sie das, um von sich abzulenken oder fing ich an, Dinge zu sehen, die gar nicht da waren?

Ich hielt mich an einer Stange nahe des Ausgangs fest, um schnellstmöglich aussteigen zu können.

Noch immer hatte ich keinen blassen Schimmer, was ich samt dieser kleinen schwarzen Box mit mir rumschleppte.

Haben Sie sich schon mal schuldig gefühlt, obwohl sie eigentlich nichts getan haben? Schuldig, weil Sie das Gefühl haben, alle starren Sie an. Als ich die erlösenden Worte der Stimme hörte, die meinen Ausstiegsort ansagte, stellte ich mich vor die quietschenden Türen.

In Gedanken versunken plante ich mein weiteres Vorgehen. Ich konnte mich unmöglich strafbar machen und einem Mörder zum Ausbruch verhelfen, auch wenn die Sicherheit meiner Tochter auf dem Spiel stand. Ob sie gerade jetzt mein Handy überwachten? Ich war ratlos.

Also hörte ich mir die Worte von Kathy an und auch die etwas lauteren von Brandon, der endlich Feierabend machen wollte. Das ominöse Paket steckte ich in meinen Spind, um keinerlei Aufmerksamkeit zu erregen.

Mit dem Kuchenkarton, einem Stadtplan, den ich aus Kathys Büro geklaut hatte, und dem kleinen Handbuch betrat ich erneut Zelle 434. John Kenar. Erinnern Sie sich? Der Mann, der wegen schweren Bankraubes und Mordes im Todestrakt in Einzelhaft saß.

„Hier ist der Pfirsichkuchen und der Stadtplan, Herr Kenar", eröffnete ich freundlich das Gespräch. Ob er wusste, was gerade wegen seines Aufenthalts hier in meinem Leben ablief? Er war schon beim letzten Besuch verdächtig gut gelaunt, was mir Angst machte.

Er saß entspannt auf seinem schmalen Bett und lehnte mit dem Oberkörper gegen die Zellenwand. In seinem Mund befand sich, wie auch letztes Mal, der Stiel eines Schokoeises. Warum Schoko? Seine Mundwinkel sprachen Bände.

„Klasse", gab er uninteressiert zurück, während er nach dem Stadtplan griff, den ich auf seine Bettkante gelegt hatte. Ich klappte mein Notizbuch auf und kramte einen Kugelschreiber aus meiner Tasche hervor.

„Sie wollten ein paar letzte Zeilen verfassen, nicht wahr?", fragte ich, ohne mir etwas anmerken zu lassen. Wenn er damit rechnet, hier auszubrechen, warum dann ein Testament verfassen?

Wollte er den Schein wahren oder hatte er die Befürchtung, bei der Flucht zu sterben? Sie können sich ja vorstellen, was mit Straftätern dieses Kalibers passiert, wenn sie wieder geschnappt werden. „Ich habe ohnehin nichts mehr zu verlieren", behaupten sie im Voraus. Klar, sie haben auch nichts mehr zu verlieren, aber wer zahlreiche Schussverletzungen oder tiefe Bisswunden von Hunden stundenlang ertragen muss, ändert seine Meinung.

Und glauben Sie nicht, dass die Ärzte hier drin teure Medikamente an Abschaum verschwenden, der noch eine Woche zu leben hat.

„Ich will, dass alles, was ich noch habe, an meine Freundin geht.", unterbrach der kauende Mann sein Schweigen.

Fleißig schrieb ich mit: „Um welchen Besitz geht es hier genau? Und ich bräuchte den Namen ihrer Freundin."

„Melissa Hented, sie soll alles bekommen!

Mein kleines Segelboot unten am Fluss und alles, was brauchbar in meiner Wohnung rumsteht. Oh und sagen sie ihr, sie soll gefälligst nach meiner Mutter schauen, wenn ich weg bin!", diktierte er grübelnd und fing an, mit der Gabel im Kuchen herumzustochern. Dann wurde es still, für eine Minute etwa. Ich stand langsam auf und klopfte gegen die Zellentür: „Alles klar, sollte Ihnen bis morgen Abend noch etwas einfallen, geben Sie den Wärtern bitte Bescheid.

Ihr Termin ist in zwei Tagen, vielleicht sollten Sie sich den Kuchen einteilen."

„Ja, ja", lachte er überheblich: „Ich würde gerne ein letztes Mal mit ihr telefonieren."

Er spuckte das abgekaute Stäbchen neben sein Bett.

Dies sollte der letzte Tag gewesen sein, an dem ich ihn sah. Irgendwie kam mir die ganze Sache merkwürdig vor und das nicht nur wegen dem, was zuvor passierte. Wissen Sie, wie viele unzählige Male ich diese letzten Gespräche bereits geführt hatte? Viele der Insassen versuchen, mit mir über ihre Tat zu reden und rechtfertigen sich.

Manchmal weinen sie voller Reue.

Schreiben selber Briefe an Freunde oder an die Familie, aber in jedem einzelnen Fall sieht man ihnen die Verzweiflung an. Man erkennt es an den Augenringen derer, die bei Nacht nicht mehr schlafen können. Man erkennt es am schlecht überspielten Schmerz. Denn glauben Sie mir, niemand wird als Mörder geboren. Und in den letzten Stunden vor seinem Tod stellt sich unweigerlich diese eine Frage: Wie konnte es so weit kommen? Also glauben Sie es ruhig, wenn ich Ihnen sage, dass irgendwas an dieser ganzen Situation merkwürdig war. Und ich sollte recht behalten, als der ohrenbetäubende Schuss fiel.

-Kapitel 3-
3 Monate zuvor

Die Reifen eines schwarzen Vans rollten quietschend über die Kreuzung.
Die glänzenden Felgen kamen zwischen zwei parkenden Autos zum Stehen.
1 Sekunde. 2 Sekunden.
Dann schlug die Seitentür des dunklen, schnaubenden Fahrzeugs auf und ein Mann mit Rucksack sprang auf den Fußgängerweg. Mit schwarzer Kappe und gesenktem Kopf steuerte er zielstrebig die Bank an. Blitzschnell zog er aus seiner linken Jackentasche eine schwarze Maske, aus der rechten eine Kleinfeuerwaffe.
Mit einer Bewegung zog er gekonnt die schwarze Haube über sein Gesicht und trat mit voller Kraft die Tür zur Filiale auf. „Alle sofort auf den Boden", schrie er und zielte mit der Waffe auf die zwei Bediensteten hinterm Schalter.
„Na, wird's bald oder wollt ihr ne Kugel zwischen die Augen?!", brüllte er und zog eine Stofftasche aus dem Rucksack. Zehn Augen starrten angsterfüllt auf den bewaffneten Mann. „Handys in die Tasche!", fuhr er die auf dem Boden zitternden Kunden an.
Die drei verängstigten Bankkunden folgten seinen Anweisungen und legten ihre Handys in den Beutel. „Ihr auch!", schrie der Bankräuber den beiden Angestellten ins Gesicht: „Handys raus oder es knallt!"
Sie alle hatten Angst um ihr Leben und taten, was der maskierte Mann verlangte. Totenstille. Er nahm den Stoffbeutel und packte einen der Angestellten am Kragen. „Mach den Tresor auf!", befahl er und drückte die Waffe an seine Kehle. „Ich muss dafür den Schlüssel holen.", stotterte der Mann im Anzug und zeigte auf eine Schublade unterhalb der Arbeitsplatte.
Der maskierte Mann drückte ihn härter gegen die Wand: „Willst du mich verarschen, he? Glaubst, ich weiß nicht, dass da der Alarmknopf ist, du verdammtes Arschloch!" Er holte aus und schlug dem Angestellten mit der Hinterseite seiner Waffe ins Gesicht.

Sein Kopf knallte gegen die Wand. Bewusstlos sank er zu Boden. Dann packte der Mann den zweiten Angestellten und richtete ihn auf.

Sein Atem raste und sein Blick flehte um Gnade: „Schon gut, ich öffne ihn!", gab er zitternd nach und nahm einen Schlüssel aus der Hosentasche hervor. „Du kommst mit! Und wenn einer von euch einen Ton von sich gibt oder versucht abzuhauen, erschieß ich den Alten, verstanden?!", keifte der Bewaffnete durch den Laden und zerrte den verängstigten Bänker mit sich in den Nebenraum.

Eine halbe Minute verging, als plötzlich ein Schuss fiel. Alle am Boden liegenden Geiseln zuckten zusammen. Eine junge Frau fing leise an zu weinen. Etwa eine halbe Minute später folgte ein zweiter Schuss und jemand oder etwas schlug auf dem Boden auf.

Das musste der alte Bänker gewesen sein. Die Frau heulte lauter, sie schien nervlich komplett am Ende zu sein. Der Angestellte hinterm Schalter kam langsam wieder zur Besinnung. Sein Kopf blutete und seine Beine waren wackelig. Er kroch zur Schublade rüber und drückte mit letzter Kraft den Alarmknopf unterm Tresen. Wenige Sekunden später sprang die Tür des Nebenzimmers schlagartig auf und der maskierte Mann raste in Richtung Ausgang.

Er zog die Tür auf und lief geradewegs über die Straße.

Er fing an, seine Maske runter zu ziehen und die Pistole in der Jacke zu verstauen, als er plötzlich von einem rasenden Kleinwagen erfasst wurde.

Der Bankräuber rollte über die Motorhaube des roten Autos und blieb reglos am Boden liegen. Im Hintergrund hörte man die nahenden Sirenen der Polizei.

Augenzeugen des Unfalls beruhigten die schockierte Autofahrerin. Totenstille. Zwei Sanitäter rannten in die Bank, während zwei weitere sich um den auf der Straße liegenden Bankräuber kümmerten.

Das Blaulicht der Einsatzfahrzeuge war in der ganzen Straße sichtbar. Die Spurensicherung sperrte den gesamten Bereich ab, Seelsorger kümmerten sich um Autofahrer und Geiseln. An diesem Abend trugen die Beamten zwei Verletzte über die Absperrung und einen Menschen, für den jede Hilfe zu spät kam. Es war die Leiche des Bankdirektors. Unzählige Menschen waren gekommen, um sich die Folgen dieser Schreckenstat anzuschauen. Ein Mann hatte es geschafft, die Bewohner Greenvilles in ungekannte Angst zu versetzen. Ein Mann, den das Schicksal wenige Minuten später zur Rechenschaft zog.

„Ein Mann, der kaltblütig und grausam auf einen unbewaffneten Menschen schoss. Ihm dabei in die Augen schaute und wusste, dass dies seinen Tod bedeuten würde. Anschließend ist der Angeklagte feige abgehauen, während sein Opfer langsam, aber sicher verblutete.

Hohes Gericht, geehrte Geschworene. Wer sich selbst die absolute Macht zuspricht, über das Leben eines anderen Menschen zu richten, der verdient die volle Härte des Gesetzes!

Denn wie können wir beruhigt Recht und Ordnung gewährleisten, wenn es Menschen gibt, die barbarisch und gleichgültig töten? Wir können der Familie des Opfers keine Wiedergutmachung schenken. Dazu sind wir angesichts dieses Verlustes weiß Gott nicht in der Lage.

Aber Sie können dafür sorgen, dass dieser Mörder nach dieser schrecklichen Tat nicht nur das Leben eines wehrlosen Mannes beendete, sondern auch sein eigenes!

Endlose Vorstrafen zeugen von der Unbelehrbarkeit dieses Mannes. Die Staatsanwaltschaft fordert die Höchststrafe für diesen Mörder! Die Todesstrafe!"

Und mit tobendem Applaus stand bereits der zweite Mord auf dem Plan.

Die Hinrichtung von John Kenar, der Mann, dessen blutige Tat so belanglos, so sinnlos erschien.

Er tauschte an jenem Tag Geld gegen das Leben zweier Menschen ein. Zumindest schien es so.

Doch manchmal sehen wir nur das, was wir glauben, gesehen zu haben!

Die Todesstrafe!
In 31 von 50 US-Bundesstaaten steht sie als Höchststrafe oben auf der Liste der möglichen Verurteilungen. Derzeit befinden sich insgesamt 2900 Menschen im Todestrakt, dazu verurteilt, ihre letzten Tage in Einzelhaft zu verbringen. Ich weiß, das hört sich hart an, aber glauben Sie mir, wegen Drogen, Körperverletzung oder Diebstahl landet niemand in Isolation.
Nein, wenn du aber ein Mädchen nachts aus ihrem Haus entführen kannst, sie vergewaltigen, schlagen und fesseln kannst, obwohl sie weint, dann stellt sich die Frage nach Gerechtigkeit. Und wenn keine Verurteilung, keine Freiheitsstrafe der Welt den Funken Reue in deinen Augen erleuchten lässt, dann hast du es unter Umständen nicht verdient, weiter zu atmen, zu essen und zu schlafen. Denn deinem Opfer hast du das alles genommen.
Und dennoch bleibt es staatlich angeordneter Mord!
Ob der Zweck alle Mittel heiligt?

Ich hatte mir meinen Mantel bis unters Kinn zugezogen, so wie immer. Heute könnte der erste Schnee fallen, zumindest fühlte es sich so an. An diesem Morgen war die Stadt im Ausnahmezustand. Blaulicht und das Heulen einer Sirene füllte den großen Platz vorm Gerichtssaal mit schaulustigen Menschen. Reporter, Polizisten, Gaffer. Sie waren alle aus ein und dem selben Grund hier. Dem Prozess des Bankräubers, John Kenar. Sie alle wollten den Menschen sehen, der soeben zum Tode verurteilt wurde.
Zwei Monate lag er im Greenville Hospital, dem größten und modernsten Krankenhaus der Stadt. Frakturen an beiden Beinen, Rippenbrüche und etliche Schwellungen hielten ihn im schwer bewachten Krankenzimmer fest.
Die Polizei sprach von einem gefährlichen Mörder, die Medien von einem kaltblütigen Monster und dennoch wurde er gesund gepflegt, um in einem Monat hingerichtet zu werden. Die Tageszeitung titelte: „Zufall oder Schicksal? Mörder wird Sekunden später selbst zum Opfer!".
Und auch die übrigen Seiten bedienten sich des brisanten Themas.

Ich schaute auf meine Uhr: Noch 15 Minuten! Die junge Frau eilte an mir vorbei, um den bereits losgefahrenen Bus zu erwischen.

Sie hatte ihre Tasche auf den linken Arm genommen, während der rechte wie wild nach der Aufmerksamkeit des Busfahrers fuchtelte.

Ich fragte mich, warum sie andauernd zu spät kam. Vielleicht lag es nicht an ihr, sondern an der momentanen Lebenssituation. Ihr Tag schien schon stressig und durchgeplant zu starten. Morgens um sieben stand sie vollkommen übermüdet auf und machte für sich und ihre kleine Tochter das Frühstück. Ihre Haare waren stets zerzaust und ihre Klamotten ungebügelt.

Sie war sicher eine dieser alleinerziehenden Supermamis. Eine Mandy, schätze ich. Vor drei Jahren hatte ihr Freund sie verlassen, weil er sich fortan „auf sich selbst konzentrieren müsse, was aber ganz sicher nicht an ihr läge". Seitdem leben Mandy und ihre Tochter in einer Zweizimmerwohnung im Industriegebiet.

Das Geld reicht trotz der zwei Jobs gerade so für eine Busfahrkarte und den Kitaplatz. Mandy war eigentlich gut in der Schule gewesen, aber nachdem sie schwanger wurde, blieb wenig Zeit für Hausaufgaben und Referate. Und so bringt sie jeden Morgen ihre Tochter in die Kita, rennt zum Bus und fährt von Job eins zu Job zwei.

Aber Mandy ist keineswegs dumm. Nein, denn abends bringt sie die Kleine zu einer Freundin und holt in der Abendschule ihren Abschluss nach. Anschließend versucht sie, die wenige Zeit, die ihr gemeinsam mit ihrer Tochter bleibt, zu genießen, zumindest so lange, bis sie überanstrengt einschläft.

Nicht etwa, weil sie dumm oder faul ist, stellt sie den Wecker morgens so knapp ein.

Nein, denn sie weiß ja, dass sie jeden Tag ein Rennen gegen die Zeit läuft. Die sechs Stunden Schlaf braucht sie einfach, um den Marathon ihres derzeitigen Lebens nicht zu verlieren.

Der Bus hielt an und sie verschwand dankend im Inneren.

Vögel zwitscherten fröhlich ihre Morgengesänge.

Ich blickte zum Tor und sah, wie sie den Park betraten.

Ich hab dich bereits erwartet, meine Kleine. Sie waren angezogen wie immer. Sie hatte einen karierten Schal und einen hellbraunen Mantel an und die Kleine ihren Pferderucksack mit den rosa Schuhen. Was gäbe ich dafür, wenn du nur einmal hierher sehen würdest.

Ich meine, wir hätten uns doch zufällig hier treffen können, ohne dass es geplant gewesen war. Das kleine Mädchen stellte ihre schwere Tasche auf einer der Bänke ab und setzte sich auf das Karussell. Langsam drehte sie sich im Kreis. Ihre blonden Haare flogen im kalten Wind hin und her. Ein leises Lachen drang bis zu meiner Bank hindurch, das machte mich glücklich. Sie schaute zu ihrer Mutter, dann zu den zwitschernden Vögeln oben auf den Baumkronen.

Sie drehte sich in unzählige Richtungen, nur nicht in meine. Dies war einer der letzten Tage, an denen ich sie sah, denn fortan gingen sie immer seltener in den Park, bis sie schließlich gar nicht mehr kamen. Überhaupt nicht mehr!

Und dennoch saß ich dort unter der alten Eiche, in der Hoffnung, sie eines frühen Morgens erneut zu sehen. Ich machte mir Hoffnung, wo keine mehr war.

Das war auch das Einzige, was mir noch blieb. Das konnte ich nicht auch noch verlieren, nachdem ich ohnehin schon meine Tochter verloren hatte.

An diesem Tag wurde John Kenar in den Hochsicherheitstrakt im Gefängnis einquartiert. Sofern man die Unterbringung in Einzelhaft so nennen kann. Vor dem Gefängnis standen einige Reporter und stürzten sich auf alles, was sich bewegte.

Nur um eine neue provokante Schlagzeile ergattern zu können.

„Arbeiten Sie im Gefängnis?", wollte eine Journalistin wissen und hielt mir ihr Mikro vor den Mund. Etwas überfordert machte ich einen Schritt zurück: „Nein", erwiderte ich prompt: „Ich bin Häftling und wollte einfach mal nach dem Wetter schauen!"

Okay, sind wir ehrlich, ich antwortete gar nichts und drängte mich zum Eingang vor.

Aber im Nachhinein hätte ich es gerne gesagt. Was war das

auch für eine dumme Frage?
Sie wollten Infos zum Mörder und eine spannende Hintergrundgeschichte zu seiner grauenhaften Tat. Für mich standen die Motive jedenfalls fest: Geldprobleme, vorbestraft, keine Perspektive und ehe du dich versiehst, landest du im Tresorraum einer Bank und knallst den Direktor ab.
„Irgendwann hänge ich ein Schild an die Tür!
Ich bin nicht eure Dienerin!
Verstehst du, Brandon? Packt eure Sachen doch einfach in einen der hundert Spinde da drüben!", beschwerte sich Kathy und drückte entnervt den Knopf, der die Türen vor mir öffnete.
„Allen einen guten Morgen", wünschte ich, um die Situation etwas zu entschärfen. Kathy beklagte sich schon seit ich denken kann darüber, dass wir unsere Wertgegenstände immer in ihrem Büro abladen.
Na ja, das hat angefangen damit, dass der Schrank eines Wärters aufgebrochen wurde. Keine Ahnung, wer so etwas macht, aber das war wohl Grund genug, das Vertrauen in die alten klapprigen Spinde über Bord zu werfen.
„Heute werden die Büros auf der Nordseite leer geräumt, Jungs. Ratet mal, wo der Direktor den ganzen Krempel zwischenlagern will... Richtig, in meinem Büro.", fuhr Kathy aufgebracht fort:
„Also nimm gefälligst deine Schuhe daraus, sonst schmeiß ich sie zum Restmüll!"
Ich ging zu meinem Fach neben den Spinden und nahm die Liste der Insassen heraus. Sie müssen wissen, dass ich auch Gespräche mit Verurteilten führe, wenn sie nicht im Todestrakt sitzen. Ich bin so was wie der Vertrauenslehrer der Schule oder der Clown des Krankenhauses.
Ich unterhalte mich mit Menschen, mit denen sonst niemand sprechen will. Denn eines müssen Sie wissen: Wenn man die menschlichste aller Eigenschaften verliert, nämlich die Möglichkeit zur Kommunikation, dann vergisst man irgendwann, dass man einer ist. Und glauben Sie mir, hier drin wird man schneller verrückt, als man gucken kann!
Wenn man es nicht ohnehin schon ist.

40

„Jack Godfield (gestanden), ermordete im Streit seine Frau und anschließend seine beiden Kinder" stand auf der Liste ganz oben.

„Was der sich wohl wünscht?", rief ich ironisch zu Kathy rüber. Sie verdrehte geschockt die Augen: „Am besten ´nen Feuerlöscher. Da, wo der bald hingeht, kann er den gebrauchen!"

- Kapitel 4 -

Wissen Sie, was ein kalter Freund ist? Nun gut, Sie würden es früher oder später ohnehin erfahren. Aber lassen Sie mich erklären, warum ich nach diesem schaurigen Anruf, diesem Einbruch und dieser Erpressung nicht zur Polizei gehen konnte.

Vielleicht verstehen Sie es, vielleicht aber auch nicht.

Es gibt Menschen, die dafür bezahlt werden, Zeit mit dir zu verbringen. Nicht etwa als Freund oder Bekannter, nein, diese Menschen haben nur eine einzige Aufgabe: Überwachung!

Während du also unbedacht einen neuen Menschen in dein Leben lässt, gibst du einem angeheuerten Verbrecher die Möglichkeit, dich kennen zu lernen.

Gib ihm einen Tag und er weiß deine Adresse, eine Woche und er kennt deine Tagesabläufe, einen Monat und er hat sämtliche deiner Passwörter geknackt.

Er verfolgt dich auf Schritt und Tritt, entweder als der unauffällige Verfolger oder aber als dein freundlicher Begleiter. Er schießt Bilder, sammelt Informationen und ist immer in deiner Nähe, um zuzuschlagen zu können.

Und so wird letztlich jeder Mensch erpressbar!

Absolut jeder von uns kann zum Opfer werden, ohne es zu merken. Haben Sie einen kalten Freund?

Sie können es nicht wissen! Man würde Sie wahrscheinlich nicht einmal selbst mit bevorstehender Gewalt erpressen, sondern einen anderen Menschen in ihrem Umfeld. Einen, der vor lauter Angst verzweifelt genug ist, für Ihre Sicherheit zu zahlen. Ein solcher Mensch befand sich im Leben meiner kleinen Tochter und ich konnte nichts, aber auch gar nichts daran ändern.

Man hatte mich mit einem schwarzen, kleinen Paket Richtung Gefängnis geschickt und ich konnte weder zurück noch zur Polizei, denn jeder meiner Schritte wurde überwacht.

Wenn sie das Päckchen tatsächlich mit GPS verfolgten, dann haben sie längst bemerkt, dass es im Eingangsbereich in meinem Spind liegt.

Mir blieben von den vier Stunden gerade mal 15 Minuten und ehrlich gesagt, steckte mir die Verzweiflung in den Gliedern.

Ich wählte die Nummer meiner Tochter.

Mit zittrigen Fingern drückte ich die Tasten, bis der Anrufbeantworter mit mir sprach. Sie haben ja keine Ahnung, was die Konsequenz dieses verbotenen Anrufs war. Ich ging zurück zum Nordeingang, um das Paket zu holen, als plötzlich der Gefängnisdirektor meinen Weg kreuzte. Was Sie über ihn wissen müssen, passt auf eine Briefmarke.

Als stände ich nicht ohnehin schon unter fürchterlichem Druck, fing er an, mir ein sinnloses Gespräch aufzudrücken.

Ich schaute auf meine Uhr.

Noch zehn Minuten und er erzählte irgendetwas vom letzten Spiel der Greenville-Tigers.

Meine Nerven lagen blank und meine Aufmerksamkeit galt einzig und allein meiner Tochter.

Zum Glück gelang mir die Flucht aus dieser unnötigen Konversation nach zwei endlosen Minuten.

Ich ging zügig zu meinem Spind und versuchte, so unauffällig wie immer zu wirken.

Ich nahm den kleinen schwarzen Kasten und packte ihn in einen umherstehenden, leeren Karton.

Kathy war gerade damit beschäftigt, die Unordnung in ihrem Büro zu beseitigen, was für mich und mein Vorhaben ideal war. Ich hatte eine Idee, wie ich zwei Fliegen mit einer Klappe schlagen konnte, dafür musste nun aber alles glatt laufen. Ich fing an, unter meinem Overall zu schwitzen. Mein Herz pochte wie wild, als ich mich an zwei Wärtern vorbei ins obere Stockwerk schlich. In meiner Hand ein Schuhkarton mitsamt dem schwarzen Päckchen. Es war der Karton von Brandons Schuhen. Noch zwei Minuten.

Ich strich meine Haare aus der Stirn.

Das Stockwerk war nahezu leer. Es glich einem verlassenen Geisterhaus. Ein paar volle Umzugskartons, leere Regale und gestapelte Stühle füllten die leblosen Gänge. Zwei Räume weiter lagen große Lampen auf dem Boden.

Ich kletterte behutsam über abgerissene Kabel und Bretter. Vorsichtig schaute ich mich um.

Niemand war dort.

Es war still. Ich stellte den Karton zu einigen anderen und verließ den ausgeräumten Büroraum wieder. Jetzt musste alles ganz schnell gehen. Sollten sie das Paket per GPS orten, dann würde sie das Signal genau über Zelle 434 empfangen, ohne zu wissen, dass es sich darüber und nicht darin befindet.

Meine Schritte wurden langsamer, als ich die Treppen runter stieg. Niemand sollte mich hier herumschleichen sehen. Ich wischte mir meine schwitzenden Hände am Overall ab.

Die vier Stunden waren um und ich hoffte, dass meine Täuschung eine Zeit lang nicht aufflog. Wenigstens so lange, bis meine Tochter in Sicherheit war.

Als ich in den Korridor zum Eingangsbereich abbog, sah ich Kathy, wie sie mit zwei Beamten redete. Sie sah sich um, bis ihr Blick meinen kreuzte. Ihre Hand zeigte genau auf mich und ehe ich überlegen konnte, ob ich bereits etwas strafbares getan hatte, stapften zwei bewaffnete Polizisten auf mich zu. „Dave Levis?", wollte einer der beiden sicher stellen: „Wir müssen uns kurz mit Ihnen unterhalten!" Ob sie wussten, was hier vor sich ging?

Ich meine, ich wusste, warum sie hier waren, ich hätte nur nicht damit gerechnet, dass es so schnell gehen würde. Mein Plan ging auf, zumindest dachte ich das eine kurze Zeit lang. Ich setzte mich mit den Männern in einen der zugestellten Büroräume gleich neben den Spinden. Jetzt würde ich ihnen alles erzählen. Angefangen bei der mysteriösen Frau, dem Einbruch und dem Päckchen im oberen Stockwerk.

Obgleich die Beamten aus einem ganz anderen Grund hier waren.

„Sie haben vor etwa 10 Minuten versucht, Kontakt zu ihrer Tochter aufzunehmen, Herr Levis, ist das korrekt?", fragte einer der beiden und nahm sich einen Stuhl vom Stapel.

Ich schwieg. Ich wusste, dass ich das nicht durfte, aber es war egal, schließlich war ich der Vater. Einer der beiden Polizisten kam mir gleich bekannt vor. Er war der neue Mann meiner Exfrau, wenn mich nicht alles täuschte. Ich hatte sie oft beim Spazierengehen gesehen.

Er konnte mich nicht leiden, nein er hasste mich.

Aber es gab nun mal Dinge, die gerade jetzt viel wichtiger waren. Womit hätte ich anfangen sollen? Der andere Polizist setzte sich auf einen der Tische vor mir: „Sie wissen, dass Sie ohne Erlaubnis keinen Kontakt zu ihrer Tochter aufnehmen dürfen.

Sie haben ihrer Exfrau einen riesigen Schrecken eingejagt.

Wenn Sie in Zukunft nochmal vorhaben gegen die einstweilige Verfügung zu verstoßen, dann sehen wir uns leider gezwungen, Sie mitzunehmen."

Ich hatte mir meine Antwort zurechtgelegt.

Natürlich hatten die Beamten recht, aber ich wollte, dass sie endlich die komplette Geschichte erfahren. „Geht es meiner Tochter gut? Ist jemand bei ihr?", hakte ich nach, ohne auf die mahnenden Worte einzugehen. Mir war klar, ich konnte erst alles erzählen, wenn meine Tochter zu 100 Prozent sicher war, denn ich wusste nicht, wie lange meine Täuschung noch funktionieren würde.

„Ja, Ihrer Tochter geht's gut. Ein Kollege kümmert sich um sie und Ihre Exfrau.", erklärte er weiter: „Aber verstehen Sie, was wir Ihnen sagen?

Wenn Sie sich nochmal in ihr Leben einmischen, anrufen oder versuchen, mit ihr zu reden, dann holen wir Sie mit Blaulicht und Sirenen ab.

Ziehen Ihnen Handschellen an und sorgen dafür, dass Sie hier drin nicht mehr arbeiten, sondern einsitzen. Sie stehen ab sofort unter genauer Beobachtung und..."

Meiner Tochter ging es gut, das war die Hauptsache.

Und ich hätte in den nachfolgenden Minuten wirklich alles erzählt. Glauben Sie mir, alles!

Auch, dass ich seit Jahren im Park sitze und jeden Morgen darauf warte, mein kleines Mädchen wiederzusehen. Sie war scheinbar in Sicherheit und mir war alles andere egal.

Nur gab es da ein Problem, denn wenn einem alles egal ist, dann wird man leichtsinnig und Leichtsinn bringt dich früher oder später um.

Ich wollte gerade alles erzählen, als die Bombe platzte. Und das meine ich wortwörtlich.

Ein lauter Schuss knallte plötzlich durch die Mauern des Gefängnisses.

Im ersten Moment ohrenbetäubend und im nächsten Totenstille, nur dieses leise Piepen im Ohr.
Die Polizisten zogen blitzschnell ihre Waffen und befahlen mir, mich unter den Tisch zu legen. Keiner wusste, was dieser Knall zu bedeuten hatte.
Ob es ein Terroranschlag oder ein Ausbruchsversuch war?
Der Gefängnisalarm ertönte mit schriller Sirene.

Sofort bewaffneten sich die Wärter mit Schusswaffen und sicherten vorsichtig den Weg zum Todestrakt. Genau aus dieser Richtung schien die Explosion gekommen zu sein.
Die beiden Polizisten forderten sofortige Unterstützung beim Revier an.
Ich lag zitternd unter dem Tisch des Büroraumes. Es roch verbrannt.
Man ließ mich alleine mit der Befürchtung zurück, dass es meine Schuld war.
Was, wenn das schwarze Paket gar keine Möglichkeit für einen unbemerkten Ausbruch beinhaltete, sondern eine todbringende Bombe war?
Ich hatte Sprengstoff ins Greenville Gefängnis geschmuggelt und es war nur eine Frage der Zeit, bis es alle Welt wusste. Ich lag unter diesem Tisch wie festgebunden. Ich sah Sanitäter an der offenen Bürotür vorbeilaufen.
Alle taten irgendwas, nur ich nicht. Ich lag hier zusammengekauert und machtlos.
Das Sondereinsatzkommando der Polizei stürmte wenige Minuten später den kompletten Bereich und brachten Kathy und mich nach draußen. Alle standen unter Schock. Und vielleicht glauben Sie mir ja jetzt, wenn ich Ihnen sage, dass ich wirklich versucht habe, den einen Ausweg zu finden.
Aber es gab jemanden da draußen, der mir immer einen Schritt voraus war und ganz gleich, was ich nun tun würde, ich konnte den Verlauf der Dinge nicht beeinflussen.
Ich war zu dem Menschen geworden, den ich hier drin immer in Frage gestellt hatte.
Vielleicht gehörte ich ja tatsächlich hierhin. Ins Gefängnis!

- Kapitel 5 -

Dies sollten die letzten Zeilen sein. Die letzten Zeilen des Buches, meine letzten. Während ich den Kugelschreiber also erneut auf dem weißen Grund umherzog, kreisten meine Gedanken in vergleichbar enden wollenden Zügen. Zu lange hatte ich nach diesem einen Ausweg gesucht, den es naiv gesehen, immer gab. Ich meine, manchmal liegt die Lösung eben nicht sichtbar auf der Hand, manchmal liegt sie verborgen zwischen den verkrampften Fingern einer Faust. Und wenn diese Faust zu stark ist, um sie alleine zu öffnen, dann fürchte ich, gibt es ihn nicht, diesen einen Ausweg.

Ich saß an meinem Schreibtisch. Vor mir das schummrige Licht meiner Leselampe. Mein Daumen drückte immer wieder nervös die Mine des Kugelschreibers raus und rein.

Ich fragte mich, wie lange sie wohl brauchen würden, bis sie mit einem Streifenwagen in meiner Einfahrt halten, in schwerer Dienstkleidung klingeln und mir Handschellen anlegen würden. Jeder stellte sich nun unweigerlich diese Frage: Wie konnte es dazu kommen? Das wird sicher die Schlagzeile auf der Titelseite der Zeitung: Eine Bombe detoniert im Hochsicherheitstrakt des Greenville Gefängnisses. Warum? Wer trägt die Schuld? Und welche folgende Ausgabe wird wohl diese Fragen, nach denen hunderte von Menschen jagen, beantworten können?

Sie werden die Überwachungskameras checken, mögliche Zeugen befragen und die Spurensicherung wird den halben Laden auf links drehen. Geben wir ihnen zwei Tage, dann stehen sie wie beschrieben vor meiner Wohnungstür und mein Name auf der Titelseite. Der Gefängnisdirektor hatte Kathy, Brandon, zwei Wärtern und mir drei Tage Urlaub geschenkt, um uns seelisch von dem Schock zu erholen. Zumindest hatte er es so formuliert.

Keine Ahnung, ob es der Vorwand war, unbemerkt Ermittlungen gegen uns anzustreben oder ob ihm unsere Verfassung tatsächlich am Herzen lag.

Seit zwei Tagen saß ich jedenfalls hier rum und konnte an nichts anderes mehr denken und von entspanntem Schlaf hatte ich mich schon lange verabschiedet.

Ich wartete also Minute um Minute darauf, verhaftet und eingesperrt zu werden. Vor mir sah ich meine Exfrau mit unserer Tochter auf dem Arm. Ich stellte mir ihren erniedrigenden Blick vor, der sagen würde, dass sie nicht einmal enttäuscht von mir sei.

Seit dem Sorgerechtsstreit vor zwei Jahren würdigte sie mich keines Blickes und sorgte dafür, dass meine Tochter es ihr gleichtat. Sie schaffte es sogar, eine einstweilige Verfügung gegen mich durchzubringen, weil sie wohl Angst vor mir habe.

„Es geht um das Wohl Ihres Kindes", sagte ihr Anwalt und riss mir die Kleine aus der Hand. Sagen wir es so, ich bin nicht stolz auf das, was ich getan habe, aber zu keinem Zeitpunkt ging es meiner Tochter schlecht bei mir.

Ich klappte das kleine, hellblaue Notizbuch auf.

Ich verzweifelte Stück für Stück bei jeder weiteren Frage, auf die ich keine Antwort fand.

Ist irgendjemand zu Schaden gekommen bei der Explosion? Vielleicht sogar gestorben? Was hatte das alles für einen Sinn? Wer steckt hinter dieser Organisation und ist meine Tochter jetzt in Sicherheit?

Ich begann, alles aufzuschreiben, was mir einfiel. Alles, jedes noch so kleine Detail, konnte von Bedeutung sein. Wer war diese gruselige, weiße Frau auf der Parkbank und warum wollte sie diesen Mann aus der Einzelhaft umbringen? Ich hatte keine Beweise, dafür aber hunderte Fragen. Ich schrieb auf, wie alles damals begann. Wie ich an diesem einen Tag auf der Parkbank angesprochen wurde, wie jemand in meine Wohnung eindrang, das Telefonat und das mysteriöse Paket. Einfach alles.

Am nächsten Morgen riss mich der Postbote aus meinen Träumen. Lange hatte ich nicht mehr so gut geschlafen und das in dieser Position.

Ein Dutzend beschriebene Seiten und ein leerer Kugelschreiber lagen vor mir. Mein Rücken schmerzte, als ich mich aus meinem Drehstuhl hievte. Ich warf einen Blick auf meine Armbanduhr: Halb sieben.

Kam die Zeitung schon immer um diese Uhrzeit?

Mühsam schleppte ich meinen verrenkten Körper ins Badezimmer.

Meine braunen, zerzausten Haare erweckten den Anschein einer gerade verlorenen Rauferei.

Ich drehte den Hahn auf und ließ mir kühles Wasser durchs Gesicht laufen. Mit Zahnbürste im Mund schlenderte ich Richtung Wohnungstür. Mir fiel beinahe die Bürste aus dem Mund, als ich die Zeitung aus dem Kasten kramte. Riesengroß titelte das Tagesblatt: „Unfall im Greenville Gefängnis! Verurteilter Mörder stirbt durch defekte Gasleitung! Schicksal?"

Fassungslos zerstückelte mein Blick jedes Wort des aufmachenden Artikels. Niemand schien Fremdeinwirkung in Betracht zu ziehen, denn ein zum Tode verurteilter Mörder hatte offenbar genau das verdient.

Ob Unfall oder nicht. Wenn man dem schreibenden Journalist Glauben schenkte, lag es wohl an durchgeschmorten Kabeln im Obergeschoss und einer alten, schlecht isolierten Gasleitung. Ich folgte seinen Worten von einem Interview des Direktors bis hin zu John Kenar, dem Mann, der einen Tag vor seiner Hinrichtung ums Leben kam, als mir plötzlich einige umkreiste Buchstaben auffielen. Ich brauchte nicht lange, um sie zusammen zu setzen.

„A U F T R A G   A B G E S C H L O S S E N !", ließ sich nach und nach entschlüsseln.

In der rechten Ecke dann die Kennzeichnung „CGY–Company-8-" In jenem Moment war mir die Nachricht über die defekte Gasleitung gleichgültig, denn offenbar hatte ich, wen auch immer, zufrieden gestellt und meine Tochter in Sicherheit gebracht.

Ich schlenderte rüber zum Küchentisch und fing an, ein paar Erdnüsse zu knabbern.

Hatte ich jetzt endlich meine Ruhe? War die Sache nun geklärt?

Je länger ich darüber nachdachte, desto eigenartiger erschienen mir die Ereignisse. Ich griff nach der Dose mit den Nüssen und starrte fragend Löcher in die Luft.

Warum zum Teufel wollten die einen Mann töten, der ohnehin in wenigen Stunden hingerichtet werden sollte?

Warum ein so hohes Risiko eingehen und mich erpressen, nur um einen ohnehin unausweichlichen Tod vorzuziehen? Ich ging rüber ins Arbeitszimmer und kramte meinen Notizblock aus dem grauen Mantel.

„John Kenar, Schwerer Bankraub / Mord", darunter hatte ich seinen letzten Wunsch notiert: „Pfirsichkuchen und einen Stadtplan von Greenville". Sein Besitz vermachte er seiner Freundin Melissa Hented. Diese soll sich außerdem gut um das Segelboot und seine Mutter kümmern. Was ein Nachlass, dachte ich mir und warf die leere Erdnussdose in den Müll. Ich beschloss, noch am selben Tag die Freundin des verstorbenen Mörders aufzusuchen, um ihr seine letzten Worte mitzuteilen. Hatte der Spuk damit ein Ende?

Mit mulmigen Gefühlen im Bauch machte ich mich wenige Stunden später auf den Weg. Natürlich hatte ich das schon etliche Male gemacht, aber diesmal schien alles irgendwie anders zu sein. Diese Frau hatte ohnehin mit dem Gedanken abgeschlossen, ihren Mann noch einmal lebend zu sehen und dennoch hatte die Sache etwas Merkwürdiges.
Ich war schließlich Schuld am Tod dieses Mannes.
Auch wenn es nicht vorsätzlich geschah, fühlte ich ein immer stärker werdendes schlechtes Gewissen. Ich hatte mir im Telefonbuch die Adresse von Melissa Hented rausgesucht.
Sie wohnte nur drei Blocks entfernt und dennoch kam mir der Weg unendlich lang vor.
Als ich den Häuserkomplex hinter dem letzten Überweg erreichte, stand ich im wohl dreckigsten Viertel der Stadt. Das meine ich vollkommen ernst.
Stellen Sie sich ein heruntergekommenes Industriegebiet vor. Als ich in die gesuchte Straße abbog, sah ich Kinder am Straßenrand spielen. Sie kickten einen Ball zwischen zwei selbstgebauten Toren hin und her. Entweder war das Viertel in den letzten Jahren so heruntergekommen oder die Häuser hier standen alle kurz vorm Abriss.
Der Rest von Greenville war vergleichsweise wirklich schön, sauber und luxuriös.
Ich machte vor einem kleinen Mehrfamilienhaus halt und ging die Stufen zur Haustür hinauf.

Hier hatte also der Mörder seinen Raub geplant und womöglich seine Schusswaffe geladen.

Es war kalt. Meine Hände froren, als ich sie aus dem warmen Mantel zog, um die Klingel zu drücken. Ein leises Läuten drang durch die dunkelbraune Tür hindurch.

Auf dem Klingelschild stand sowohl Melissas als auch Johns Name. Sie hatte wohl noch keine Zeit gehabt, es zu entfernen.

Oder aber sie hoffte noch immer auf ein Wiedersehen mit dem verstorbenen Mörder.

Ich hoffte auf Ersteres.

Man hörte ein leises Quietschen, so als würde jemand Treppen hinunter steigen.

Sie hatte es sicher bereits in der Zeitung gelesen.

Plötzlich riss jemand die Tür einen Spalt auf, gerade so weit, dass man das Gesicht einer Frau erkennen konnte. „Hallo, guten Tag", grüßte ich durch die schmale Öffnung: „Sind sie Frau Hented?"

Die Person auf der anderen Seite streckte ihren Kopf gegen die Tür: „Wer will das wissen?"

„Mein Name ist Dave Levis, ich komme im Auftrag der Greenville Strafanstalt.", erklärte ich, als sich hinter der Tür die Sicherheitskette löste: „Ich komme, um Ihnen ..." „Ja ja, schon gut!", unterbrach mich die Frau und öffnete mir einladend die Tür: „Die Nachbarn müssen auch nicht alles mitbekommen!"

Ich ging ins Innere des Hauses, nicht so, als würde ich schleichen, aber scheinbar langsam genug, um den Anschein zu erwecken, ich hätte Angst.

„Keine Sorge, die Waffen wurden von den Bullen beschlagnahmt. Sie haben doch wohl keinen Schiss vor ner einsamen Frau?", grinste sie und warf die Tür hinter sich wieder zu.

Es roch nach Brathähnchen oder etwas derartigem, als ich an der Küche vorbei ins Wohnzimmer stapfte. Sie ließ sich erschöpft in ihren dunkelgrünen Sessel fallen und ihr Arm gestikulierte, dass ich wohl, das gleiche tun sollte.

„Ich hab nicht so ewig Zeit", drängte sie und kramte eine Zigarettenschachtel aus ihrer Hosentasche. Sie schien gerade mit Kochen beschäftigt zu sein und ich war ebenfalls auf keine lange Unterhaltung erpicht. Ihre Hand griff nach einem silbernen Feuerzeug, das auf dem Wohnzimmertisch lag.

Gleich daneben erblickte ich die Tageszeitung. Zweifellos hatte sie es bereits gelesen.

„Sie haben sicher schon mitbekommen, was passiert ist?", hakte ich sicherheitshalber nach. Sie nickte und atmete schwer auf.

„Als ich das letzte Mal mit ihm sprach, sagte er mir, dass ich Ihnen etwas ausrichten soll. Zum einen sollen sie gut auf das Segelboot aufpassen und zum anderen seine Mutter pflegen. Sein kompletter Besitz gehört nun Ihnen, Frau Hented.", zitierte ich und warf einen prüfenden Blick auf meine Notizen. Doch ehe ich etwas auf meinem Block gedanklich abhaken konnte, sah ich unter der Zeitung eine Visitenkarte liegen. Sie ragte zwar nur ein kleines Stück hinaus, dennoch erkannte ich Farbe und Aufdruck direkt wieder. Es war eine derer, die auch ich erhalten hatte.

Warum hatte sie eine bekommen? Steckte sie da mit drin? Sie wusste definitiv mehr als ich, denn sind wir mal ehrlich: Ich wusste gar nichts! Schlagartig sprang sie auf: „Gut, wäre das dann alles?" Ich wusste nicht recht, was ich sagen sollte.

Sie könnte da mit drin hängen oder aber genauso erpresst worden sein wie ich. „Ansonsten hatte er nichts gesagt?", bohrte sie nach: „Was ist mit seinen Sachen?"

Ich stand ebenfalls auf und ging mit ihr Richtung Tür.

„Das wäre schon alles, ansonsten hat er nichts gesagt", erwiderte ich: „Wenn Sie seine Sachen abholen möchten, tun Sie es bitte innerhalb der nächsten zwei Wochen. Allerdings kann ich Ihnen nicht versprechen, dass allzu viel die Explosion überlebt hat." Ich öffnete die Tür und genauso schnell, wie ich vor wenigen Minuten eingetreten war, verließ ich das Geisterhaus wieder. Sie zog an ihrer Zigarette und schüttelte sich, als die kalte Luft von draußen eindrang.

„Ich komme alles morgen abholen. Vielen Dank, tschüss", das war alles, was sie von sich gab, als die Tür erneut ins Schloss fiel.

Ich stieg die vereisten Treppen nach unten und blickte zurück auf das Haus, in dem ein Mörder gelebt hatte.

Er war ein Mensch wie Sie und ich und doch hatte er kein Problem damit gehabt, ein Leben auf kaltblütige Art und Weise zu vernichten. In den Akten stand, er habe den Gefängnisdirektor aus nächster Nähe erschossen, nur um an das Geld zu kommen.

Glauben Sie mir, wenn ich Ihnen sage: Menschen tun weitaus Schlimmeres für einen Stapel Sorglosigkeit und dann landen sie früher oder später in einer Zelle auf meiner Arbeit.

Ich sah, wie die Gardinen im Obergeschoss wackelten.

So schnell konnte sie unmöglich die quietschenden Treppen hochgelaufen sein. Scheinbar waren wir nicht nur zu zweit in diesem Haus gewesen. Da war noch jemand, so viel stand fest.

- Kapitel 6 -

Der nächste Morgen begann, wie jeder gute Morgen zu beginnen hatte. Eine Tasse Kaffee, Toast und die nicht allzu spannenden Nachrichten aus der Greenville Tageszeitung. Heute zum Glück nichts, was im entferntesten etwas mit mir zu tun haben könnte. Es ging um irgendwelche Baumaßnahmen im Industriegebiet.

Soweit ich das beurteilen konnte, schienen diese auch dringend notwendig zu sein.

Ich zog meinen dicken, grauen Mantel über und verließ das warme Heim.

Ich hatte mir bereits etliche Wohnungen in der Gegend online angeschaut, um schnellstmöglich hier verschwinden zu können, doch nichts passte so wirklich.

Der Wind zog extrem durch den Hausflur an jenem Tag. Die Tür unten stand sperrangelweit offen. Ein neuer Nachbar schien wohl gerade einzuziehen. Ich ging über die Straße Richtung Parkanlage.

Gedankenversunken beobachtete ich die Menschen, die an mir vorbeizogen, manche langsam, manche schnell.

Die Frau stürmte an mir vorbei, der Junge entsorgte sein Pausenbrot und der Mann schlenderte gelangweilt neben seinem Hund her. Ausnahmslos alles, war wieder wie noch wenige Wochen zuvor.

Ich schaute auf meine Armbanduhr: Noch fünf Minuten. Dann ging ich rüber zur Station und fuhr mit dem Bus zum Gefängnis.

Der Fahrer hatte sein Radio so laut gestellt, dass jeder Mitfahrende unfreiwillig mithören konnte. Sie berichteten über den Unfall, die Gasleitung und den Toten. Es fing an, zu regnen.

Erst nur ein paar Tropfen, wenig später schüttete es wie aus Eimern. Die Scheiben des Busses glichen Wasserfällen, die nassen Straßen der Oberfläche eines Sees.

Letzte Schneehügel wurden sintflutartig weggespült. Ich hing meinen triefend nassen Mantel über einen der großen Heizkörper im Umkleideraum.

Kathy schienen die freien Tage richtig gut getan zu haben. Sie strahlte bis über beide Ohren, als ich ihr Büro betrat. „Wunderschönen guten Morgen, Dave", wünschte sie grinsend und schob ihren Laptop beiseite.

Vermutlich hatte sie wieder jemanden im Internet kennengelernt.

Einen von diesen Typen, von dem sie spätestens in einer Woche heulend zurückgelassen wird. „Guten Morgen", erwiderte ich freundlich und lehnte mich gegen die Türzarge: „Hast du ´nen Clown gefressen?"

Sie verzog das Gesicht: „Ne, aber ich fress‘ dich gleich. Raus jetzt, sonst schmeiß ich den Grill an!"

„Schon gut", gab ich lachend nach: „Wo sind denn die Sachen aus der Zelle, in der es den Unfall gab?"

Kathy schaute mich fragend an: „Ahhh, da war heute Morgen diese Frau da, seine Freundin, nehm ich an. Moment!"

Sie schaute auf eine Liste neben dem Laptop: „Melissa Hented, sie war verdammt früh heute da. Ah, aber warte.." Sie rollte mit ihrem Stuhl rüber zum Schrank und klappte ihn auf.

„So als wären Diamanten in seinem Besitz gewesen.", lachte Kathy und nahm ein kleines Büchlein aus dem Schrank.

„Ich hab ihr alles mitgegeben, was nicht verbrannt oder defekt war, außer diesem Plan hier, der wurde erst später in der verkohlten Matratze gefunden. Ja, keine Ahnung, warum er ihn da rein gesteckt hatte, aber sonst ist hier nichts mehr.

Kann‘s sein, dass das ohnehin meiner war?", fragte sie zornig und warf mir das Büchlein zu.

Es war der Stadtplan von Greenville, den Mr. Kenar als letzten Wunsch haben wollte. Und wie ich wenige Sekunden später herausfinden sollte, war das der eine Zufall zu viel.

Wäre seine Freundin etwas später hier gewesen, hätte sie ebenso den Plan mitgenommen, doch zum Glück wollte sie die Sache hier schnellstmöglich abhaken.

Ich faltete die Karte auseinander. Warum hatte er den Plan in seiner Matratze versteckt und vor allem, vor wem? Er saß schließlich in Einzelhaft.

Am linken Rand des Plans sah ich es dann, ein eingekreistes

Feld.

Das musste irgendwo… Ich drehte die Karte hin und her.

Es musste irgendwo außerhalb der Stadt sein. Dort, wo ich noch nie zuvor gewesen war.

Kathy sah mich fragend an und schüttelte verstört mit dem Kopf. Ich ging zurück zu meinem Spind. Was auch immer hier gespielt wurde, sollte im Verborgenen geschehen.

Warum war diese Organisation so an einem Mann interessiert, der bald sterben würde? Offenbar wusste John Kenar etwas, was er keinesfalls erzählen durfte.

Etwas, was sich genau an dieser Stelle befand. Etwas, was ihn vielleicht hier rausgeholt hätte. War er deswegen so gut gelaunt? Wenn es so war, dann mussten seine Informationen von gehörigem Wert sein. Wertvoller als sein Leben, um genau zu sein.

Ich beschloss, zu der markierten Stelle zu fahren und das zu tun, was ich am besten konnte: Beobachten!

Der markierte Ort auf der Karte lag am Stadtrand von Greenville.

Da ich keinen Führerschein mehr hatte und somit auch kein Auto, checkte ich die abfahrenden Züge am Bahnhof. Einer fuhr glücklicherweise in die richtige Richtung.

Ich war mir nicht sicher, was genau ich zu finden glaubte. Ich war mir ja nicht mal sicher, wonach ich suchte.

Aber ganz egal, was es war, John Kenar wusste etwas, weswegen er frühzeitig zum Schweigen gebracht werden musste und ich wollte wissen, warum.

Je weiter der Zug in Richtung Stadtgrenze fuhr, desto flacher wurde die Umgebung.

Felder, Wiesen und vereinzelte Bäume dominierten die Landschaft. Die Sonne schien und letzte Schneehügel begannen zu schmelzen.

Der Zug war nahezu leer. Ein Mann in Arbeitskleidung saß am anderen Ende der Sitzreihen.

Ich drehte meine Uhr am Handgelenk hin und her. Es war ein teures Stück. Eines, was ich mir selber wohl nie gekauft hätte, aber geschenkt ist nun mal geschenkt. Und wie ich so gedankenversunken den Zeigern zusah, erinnerte ich mich an diese eine Nacht.

Es war der Abend meines vierunddreißigsten Geburtstages, als Steve und Harry unverhofft an meiner Wohnungstür klingelten.

Eigentlich hatten sie im Voraus abgesagt und dennoch überraschten sie mich mit Bier und eben dieser hochwertigen Uhr.

Was soll ich sagen? Ich hatte nicht damit gerechnet. Mara war bereits im Nebenzimmer am schlafen. Sie war über dieses Wochenende bei mir und eigentlich hatte ich auch nichts weiter vorgehabt. Eigentlich!

Steve überreichte mir die Schachtel mit der Uhr, während Harry das Bier kühl stellte.

„Auf einen vollen Abend", rief er lachend aus der Küche. Wir tranken und tranken, bis sie irgendwann aufsprangen, um den letzten Zug nicht zu verpassen.

Sie stürmten aus der Wohnung und verschwanden eben so schnell, wie sie gekommen waren.

Ich räumte einige Bierflaschen beiseite und entsorgte eine Chipstüte. Plötzlich hörte ich Mara im Nebenzimmer schreien. Sie saß aufrecht im Bett und starrte verängstigt zur Tür. Ich lief zu ihr hin und versuchte, sie zu beruhigen.

Ihre Stirn war nass und auch ihr Shirt war durchgeschwitzt. Sie fing an zu weinen, so als hätte sie den schlimmsten aller Albträume gehabt. Ich wusste nicht, was ich tun sollte. Ihr Herz raste und ihr Körper zitterte.

Sie hatte diese Albträume öfter, aber so schlimm schien es noch nie zuvor gewesen zu sein. Sie schrie nach ihrer Mutter und ließ mich nicht mehr los. Überfordert versuchte ich, ihr klar zu machen, dass ihre Mutter gerade nicht da war.

Aber sie hörte nicht zu. Ich versuchte sie anzurufen, aber sie ging nicht ans Handy. Also schnappte ich die Kleine und beschloss, die wenigen Meter vorsichtig zu fahren. Ich spürte kaum mehr etwas vom Alkohol und um ganz ehrlich zu sein, dachte ich auch nicht mehr daran.

Meine Gedanken waren bei meiner weinenden Tochter, als ich den Motor des Wagens anmachte. Ich selber fuhr zwar vorsichtig, nur leider hatte ich das von anderen auch erwartet.

Eine Stimme kündigte den nächsten Halt an und riss mich aus meinen Gedanken.

Ich wusste nicht, ob man mich noch beobachtete, aber nachdem ich alleine in dieser gottverlassenen Gegend ausstieg, hätte ich das natürlich sofort bemerkt.

Mit lautem Quietschen setzte der Zug seine Fahrt ins Niemandsland fort und ließ mich in einsamer Stille zurück.

Ein paar umherfliegende Vögel leisteten mir Gesellschaft. Neben dem halbherzig ausgebauten Bahnsteig plätscherte ein kleiner Bach entlang.

Ich nahm die Karte aus meiner Manteltasche und richtete sie aus. Man konnte sich gut an den Gleisen der Bahn orientieren, die stadtauswärts verliefen. Zwei kleine Trampelpfade führten vom Gepflasterten ins Nirgendwo.

Ich folgte dem linken, immer weiter, bis ich den markierten Ort erreicht hatte. Ich senkte die Karte und stand unmittelbar vor einem Baum.

Ich ging um ihn herum, schaute auf die Wiese, in den Himmel, hoch in den Baum, doch außer karge Äste und alte Rinde konnte ich nichts erkennen.

Hatte ich etwas übersehen? Ich fuhr mit dem Finger den zurückgelegten Weg auf der Karte nach. Dann starrte ich erneut den Baum an. War ich umsonst hierher gefahren?

Warum markiert man einen Baum, irgendwo in der Natur?

Bin ich gerade mitten in eine Falle getappt? Wollte man alle beteiligten Zeugen umbringen?

Ich malte mir die schrecklichsten Szenarien aus, während ich wie ein Bekloppter zum zweiten Mal den Baum umkreiste. Auf dem Boden lagen etliche schwarze Steine.

Nein das waren keine Steine, das waren Kerne.

Pfirsichkerne. Ich stand direkt vor einem Pfirsichbaum und Sie wissen sicher noch, was sich John Kenar gewünscht hatte. Einen Pfirsichkuchen. Mir blieben keine Zweifel mehr, ich musste hier richtig sein. Was wollte er mir mitteilen?

Der Baum war nicht gerade breit und ragte etwa vier Meter in die Höhe. Ich stützte mich auf einem niedrigen, abgeknickten Ast ab und zog mich nach oben. Leichter gesagt als getan, glauben Sie mir.

Bis zur Krone des Baumes kam ich gar nicht, aber zum Glück war das auch nicht notwendig. Über einem rauswachsenden dicken Ast erspähte ich einen Hohlraum.

Eine kleine Einkerbung innerhalb der Rinde. Ich hielt mich mit der einen Hand krampfhaft am Stamm fest, während die andere in das Versteck griff.

Und tatsächlich, ich brauchte nicht lange, um ein kleines Gerät herauszuziehen.

Ein hellgrauer USB-Stick, etwas beschmutzt, aber äußerlich unbeschädigt. Ich plante mein weiteres Vorgehen, ohne mich von der Spannung umbringen zu lassen.

Denn auf diesem Stick hätte alles Mögliche sein können. Ich musste so unauffällig wie nur irgend möglich agieren. Sollten die falschen Leute hiervon erfahren, wäre ich geliefert.

Ich ging zurück zur Haltestelle und wartete auf den nächsten Zug stadteinwärts.

Eigentlich hätte ich wissen müssen, dass Rückfahrten von hier eher selten möglich sind.

Etwa eine Stunde und hundert Haltestellen später erreichte ich das Gefängnis. Mir war klar, wenn ich den USB-Stick zu Hause auslesen würde, bliebe das sicher nicht unbemerkt.

Ich wusste nicht, wo man Kameras oder Wanzen versteckt hatte und wer da alles mit drin steckt. Praktisch, dass das sicherste Gebäude der Stadt mein Arbeitsplatz war.

Ich grüßte Kathy und lobte ihren grünen Schal, verpasste leider das Schichtende von Brandon und ging in den Raum, in dem ich am ungestörtesten war.

Der Archivraum. Leise verschloss ich die Tür hinter mir. Niemand sollte mitbekommen, was… was auch immer auf dem USB-Stick war. Alte Kartons standen kreuz und quer auf dem Boden verteilt. Ich setzte mich an einen der Computer und machte ihn an.

Ein ruhiges Brummen drang aus der alten Maschine. Die Geräte hier waren alle alt und langsam. Es dauerte ewig, bis der Startbildschirm erschien. Wie ich so wartete, schaute ich mich um.

Dieser Raum wird wohl gerade leer geräumt, wie auch das gesamte obere Stockwerk. Mein Blick wanderte über die verstaubten Aktenkisten, bis er an der aktuellsten hängen blieb. Ich stand auf und zog den Karton aus dem Regal.

Ich blätterte die Ordner durch, bis ich bei „K" angekommen war. „John Kenar." Ich nahm die Akte vorsichtig heraus. Ohne Spuren zu hinterlassen, blätterte ich vorsichtig die Seiten durch.

Er war vorbestraft wegen Urkundenfälschung. Oh und das war interessant, er hatte vor etlichen Jahren genau in der Bank gearbeitet, die er später überfallen hat.

Wahrscheinlich genau deswegen. Er kannte die Abläufe und wusste den Weg zum Tresorraum. Ergibt Sinn. Seine Freundin hingegen war ein unbeschriebenes Blatt.

„Melissa Hented." Ihre Akte bestand nur aus zwei Blättern und die waren nicht gerade aussagekräftig.

Ich konnte es kaum glauben, als ich das Bild von ihr sah. Sie war angeblich blind.

Das war nicht die Frau, bei der ich daheim gewesen war.

Das war doch das Gesicht der merkwürdigen Frau aus dem Park.

Sie hatte zwar eine andere Haarfarbe, aber ansonsten war es definitiv die gleiche Person.

Wer war dann die Frau, die ich für Melissa Hented hielt? Ich blätterte weiter.

Die echte Melissa, die blind war, hatte eine zwei Jahre ältere Schwester.

„Tonja Hented." Leider fand ich kein Bild von ihr in den Akten. Hatten die Schwestern das alles geplant? Warum wollten sie John Kenar in seiner Zelle umbringen, kurz vor seiner Hinrichtung?

Ich ging rüber zum Computer und stecke den USB-Stick ein. Der PC brummte lauter. Eine Tonaufnahme befand sich darauf. Mehr nicht.

Ich hielt meinen Kopf an den Lautsprecher und hörte sie mir leise an.

„Mein Name ist John Kenar.

Wenn Sie das hier hören, bin ich wahrscheinlich tot.

Das hier ist meine Rückversicherung, damit keiner auf dumme Gedanken kommt.

Und damit man mich aus dem Knast rausholt, bevor die mich hinrichten können.

Übermorgen werden wir die Bank in Greenville ausrauben und Millionen von US-Dollar klauen ohne auch nur einen Geldschein mitzunehmen.

Das wird der größte Raub der Geschichte, ohne dass es jemand mitbekommt. Schade eigentlich.

Ich erkläre dem, der das hier gefunden hat, nun unseren Plan. Da ich offenbar verraten wurde, ist es egal, was du damit machst. Geh zur Polizei oder erpress` meine Komplizen, sie haben nichts besseres verdient!

Die Bank lagert übermorgen etwa 600.000 US Dollar im Tresorraum, aber vergessen Sie das, hinter dem Geld sind wir nicht her.

Viel wichtiger ist der Direktor der Bank. Er ist die Schlüsselfigur des Ganzen.

Nachdem ich die einzige Kamera im Tresorraum ausgeschaltet habe, verschaffe ich mir Zugang zum Handy des Direktors.

Fingerabdrucksensor, Gesichtserkennung und das Geburtsdatum seiner Tochter.

Et voilà. Zugang zu etlichen illegal gespeicherten Kundendaten.

Denn unser werter Herr Bankdirektor hat jahrelang die Kaufüberweisungen von tausenden Kunden überwacht und gespeichert.

Glauben Sie mir, nichts ist wertvoller als Wissen. Zu wissen, wann wer was kauft.

Und Sie erraten niemals, was die großen Firmen dieser Welt bereit sind, zu zahlen, um an diese Daten zu kommen. Müssen Sie auch nicht, ich verrate es Ihnen:

75 Millionen US-Dollar!
Und da niemand von den illegalen Geschäften meines ehe-
maligen Chefs weiß, wird jeder glauben, der Bankraub sei
gescheitert.
Doch vom Mord an diesem dreckigen Arschloch bis hin zum
Autounfall auf der Straße, haben Tonja und ich alles ge-
plant. Tonja Hented, das ist meine Komplizin.
Die Menschen, mit denen wir uns bald anlegen sind mäch-
tig. Deswegen wird es wahrscheinlich schnell zu einer Ver-
urteilung kommen.
Mir bleibt dann wenig Zeit. Hiermit sorge ich dafür, dass der
zweite Teil des Plans eingehalten wird. Mein Ausbruch!"

Ich hörte, wie jemand im Hintergrund der Aufnahme an der
Tür klopfte.
Die Tonaufnahme endete und mit ratlosem Blick starrte ich
noch immer auf den flimmernden Bildschirm.
Das alles war größer, als ich es für möglich gehalten hatte.
Wo bin ich hier reingeraten? Es war der wohl perfekte Raub,
denn niemand fühlte sich bestohlen. Unter dem Vorwand
eines Banküberfalls konnten sie den Bankdirektor aus dem
Weg räumen und unbemerkt tausende Daten klauen.
Nachdem der Täter wenige Minuten später gefasst und die
Beute beschlagnahmt wurde, hatte niemand mehr einen
Grund weiter zu ermitteln. Es war genial.
Wäre nicht irgendetwas schief gelaufen.
Denn seine Komplizin war entweder beim zweiten Teil des
Plans gescheitert oder hielt wenig vom Teilen, warum sonst
wollte sie ihn schnellstmöglich zum Schweigen bringen.
Melissa Hented war die blinde Frau, die mich im Park ange-
sprochen hatte. Sie war die echte Freundin von John Kenar.
Ihre Schwester hingegen nur die Komplizin beim Bankraub
und Scheinfreundin in seinem Haus.
Sie hatten definitiv gut gespielt. Riskant, aber gut. Sind wir
ehrlich, niemand interessiert sich für einen zum Tode verurteilten Mörder. Niemand, abgesehen von mir.

- Kapitel 7 -

„Bitte, ich brauche es nur für drei Stunden, höchstens!"', flehte ich und stützte mich auf ihrem Schreibtisch ab.

„Nein, ich hab es jetzt schon hundertmal gesagt. Jetzt hör auf zu quengeln, du bist in meinem Auto nicht versichert."', erwiderte sie genervt. Kathy wandte sich wieder ihrem Computer zu und tippte einige Wörter ein.

„Du hast es doch bis Feierabend zurück."', versprach ich: „Und dann werde ich nie wieder was in deinem Büro ablegen, ok?"' Kathy überlegte. Sie sah mir grübelnd in die Augen: „Ok, aber nur dieses eine Mal und auch nur, weil's um deine Mutter geht. Verstanden?"'

Ich nickte dankbar und nahm mir die Autoschlüssel, die auf dem Tisch lagen: „Versprochen. Danke, bist die Beste! Und hast den schönsten Schal!"' Kathy schüttelte schweigend den Kopf und schaute mir grinsend nach, als ich das Gefängnis verließ.

Ich hatte mir an diesem Tag spontan frei genommen, weil meine Mutter erkrankt war. Naja, nicht wirklich, aber irgendwas musste ich ja sagen.

Ich konnte nicht tatenlos dabei zusehen, wie der Plan, in den ich selber verwickelt war, aufging, ohne davon im Geringsten zu profitieren.

Nennen Sie mich ruhig einen „schlechten Menschen".

Es ist mir egal. Diese Gelegenheit wollte ich mir nicht entgehen lassen und ich bin mir sicher, dass viele in meiner Situation genauso gehandelt hätten. Sie vielleicht auch. Ich stellte den Sitz von Kathys Auto zurück und machte den Motor an.

Es roch nach einem dieser Vanilleduftbäume. Das Radio sprang an und mit zweihundert Dezibel schrie Robbie Williams mir seine Gefühle ins Ohr.

Ich fuhr Richtung Industriegebiet. Der Himmel wurde zunehmend dunkler und das rechte Außenlicht des Wagens flackerte immer wieder auf und ab. Kein Wunder, dass Kathy die Musik bis zum Anschlag aufgedreht hatte, ihr Auto war dermaßen laut, man hätte Herrn Williams hier drin problemlos live singen lassen können.

Ich parkte gegenüber des Hented Hauses und stellte den Motor ab. Es schien niemand zu Hause zu sein. Die Lichter waren aus und die Einfahrt leer.

Ich lehnte den Sitz nach hinten und machte es mir gemütlich.

Auch wenn das nahezu unmöglich war in der kleinen Schrottmühle. Ich nahm mein kleines, hellblaues Notizbuch zur Hand und nahm einen Stift aus dem Handschuhfach.

Dann begann ich zu schreiben.

Die ersten Tropfen fielen vom Himmel und noch immer keine Spur von den Verbrecherschwestern. Ich wartete mindestens zwei Stunden, so genau weiß ich das nicht mehr, bis ein Auto vorfuhr.

Zwei Frauen waren eindeutig zu erkennen.

Ich legte das Handy bei Seite und drehte den Autositz wieder nach oben. Die beiden Frauen stiegen aus. Ich kannte sie beide. Melissa und Tonja.

Die blinde Frau aus dem Park und die angebliche Freundin des Mörders. Sie beide gingen zum Hauseingang und verschwanden im Inneren.

Ich nutzte die Gelegenheit und öffnete langsam die Autotür. Dann ging ich unauffällig rüber zum Fenster des besagten Hauses. Doch ich kam nicht weit. Plötzlich ging die Tür erneut auf. Ich erschrak. Wer verlässt denn bitte so schnell wieder das Haus? Zum Glück bemerkte mich keiner. Ich machte schnell auf halbem Weg kehrt und ging zurück zum parkenden Auto.

Ich war klatschnass und mein Herz raste wie wild. Meine Jacke tropfte Kathys Auto voll und leider war die Suche nach einer Heizung vergeblich.

Unterdessen packte Tonja zwei große Sporttaschen in den Kofferraum.

Sie schienen alles zusammen gepackt zu haben, um mit den gestohlenen Daten abzuhauen. Ich musste mir schleunigst etwas einfallen lassen, denn viel Zeit blieb mir wohl nicht mehr. Melissa ging mit ihrem Stock vorsichtig die nassen Stufen runter und setzte sich auf die Beifahrerseite. Tonja schlug den Kofferraum zu, schaute auf ihre Armbanduhr und stieg neben ihrer Schwester ins wartende Auto ein.

Etwa zehn Sekunden nachdem sie losfuhren, startete auch ich mein klappriges Fahrgestell und nahm die Verfolgung auf. Sie fuhren immer weiter Richtung Stadtgrenze.

Der Regen hatte nachgelassen und meine Jacke war glücklicherweise wieder halbwegs trocken. Ich versuchte, genügend Abstand zu wahren, um nicht aufzufallen.

Noch sollten sie sich in Sicherheit wiegen und ungestört ihren Plan verfolgen. Ich war mir nicht sicher, was genau ich mit meinem Insiderwissen anfangen sollte.

Aber im Zweifelsfall würde ich ihnen das zurückgeben was sie mir angetan hatten. Erpressung. Sie fuhren schnell, fast so schnell, dass ich sie hätte verlieren können.

Doch es ging immer weiter geradeaus, bis sie schließlich auf einem Parkplatz nahe des Greenville Creeks, dem größten Fluss der Stadt, Halt machten.

Ich parkte am anderen Ende des Platzes hinter einem dunkelblauen Van. Den USB-Stick legte ich samt Notizbuch ins Handschuhfach. Dann verließ ich Kathys Gefährt und ging mit aufgezogener Kapuze zwischen parkenden Autos hindurch.

Ich sah Tonja am Ufer des Flusses stehen. Sie schien zu telefonieren. Sie hatte ihr braunes Haar unter einer Mütze zusammengebunden und lief nervös auf und ab. Am Steg gleich neben ihr lag ein Segelboot mit der Aufschrift „MAMA". Es fiel mir wie Schuppen von den Augen: Das war das Boot, von dem John Kenar gesprochen hatte. Wollten sie damit abhauen?

Ich schlich mich von hinten an deren Auto ran und warf einen kurzen Blick hinein.

Das komplette Auto war bis unters Dach beladen.

Auf der Abdeckung des Kofferraums lag eine Sanitätsausrüstung. Langsam begann ich zu verstehen, wie deren Plan so reibungslos funktionieren konnte. Ich fragte mich immerzu, wie es ihnen möglich gewesen war, tausende Daten vom Handy des Bankdirektors in so kurzer Zeit zu klauen. Aber das mussten sie gar nicht.

Nicht, wenn eine als Sanitäter verkleidete Komplizin direkt am Unfallort war. Dort, wo sowohl verletzter Räuber als auch die Tasche samt aller Geiselhandys lagen. Es war brillant.

Ich versuchte, näher ran zu gehen, um zu hören, mit wem sie telefonierte. Doch weit und breit waren keine Menschen zu sehen, es wäre zu auffällig gewesen.

Auch Melissa stieg nun aus und tastete sich den Weg zum Ufer. Ich duckte mich, als sie die Autotür zumachte, auch wenn sie ohnehin nichts sah. Ich nahm mein Handy aus der Tasche und fotografierte das Szenario. Vielleicht, weil mir vor Angst nichts besseres einfiel.

Tonja war gerade fertig mit telefonieren, als Melissa bei ihr ankam. Sie schienen auf irgendwen zu warten. Plötzlich spürte ich ein kaltes Stück Metall an meiner linken Kopfhälfte.

Mein Atem stoppte und meine Hände fingen zu zittern an. Jemand packte mich gewaltsam am Kragen und drückte mich fest gegen das Auto. „Na, haben wir alles mitbekommen?", fragte der Mann zornig. Er war etwas größer als ich, hatte dunkle, kurze Haare und einen Anzug an.

Ich war überfordert und wusste nicht, was ich sagen sollte. Er schnappte sich mein Handy und zerrte mich zum Ufer. „Was macht der denn hier?", fragte Tonja und kam auf uns zu.

„Das Arschloch hat hier rumgeschnüffelt. Ich dachte, ihr hättet alles unter Kontrolle?", schrie der aggressive Mann und stieß mich zu Boden. „Tja, tut mir leid, aber wir können hier leider keine Spitzel gebrauchen!", brüllte er zu mir runter und richtete die Waffe auf mich.

Zitternd lag ich auf dem nassen Asphalt. Würde es hier enden? Ich musste mir etwas einfallen lassen, um hier raus zu kommen. Der Sturz auf den Asphalt brachte meine rechte Handfläche zum Bluten. Ich hob den Kopf und sah den Schwestern direkt ins Gesicht: „Ich bin nicht der Einzige, der hiervon weiß", stotterte ich: „Wenn ihr mich umbringt, wird er der Polizei alles erzählen!"

Mein Bluff schien zu funktionieren, für einen kurzen Moment sagte niemand mehr etwas.

„Du bist nicht der Einzige, der wovon weiß?", hakte der angsteinflößende Mann mit wütender Stimme nach.

Er drückte meinen Kopf mit seiner Schusswaffe auf den Boden.

„Von dem Datenraub, dem Bankdirektor, den 75 Millionen US-Dollar.", stammelte ich.

Wutentbrand schlug der Mann mit seiner Waffe auf den Boden. Er sprang auf und schrie umher: „Ihr hattet eine Aufgabe! Eine! Und selbst dazu seid ihr zu blöd!"

Dann hockte er sich wieder neben mich: „So, du wirst mir nun sagen, wer noch davon weiß, sonst puste ich dir hier auf der Stelle den Kopf vom Hals!" Er war völlig außer Atem, während die Frauen etwas eingeschüchtert und tatenlos daneben standen. Ich log weiter, um Zeit zu gewinnen: „John Kenar hat mir alles erzählt!" Der Mann drehte sich fragend zu den Frauen um.

„Er lügt!", erwiderte Tonja: „Glaub ihm kein Wort! Wir haben seine Zelle abgehört. Er hat nichts erzählt. Niemandem!" „Woher weiß ich dann alles?", warf ich ihr überzeugt ins Wort: „Er hat's mir auch nicht in der Zelle gesagt!" „Tja dummerweise ist er aber dort gestorben", betonte der Mann und rammte mir sein Knie in den Rücken: „Oder willst du mir etwa weismachen, dass der Verräter noch lebt? He?" „Das ist unmöglich!", unterbrach Tonja ihn erneut. Sie schien selber Angst zu haben.

„Tja, er hat mir alles erzählt!", erklärte ich erneut. Der Mann wurde zunehmend aggressiver.

Er packte meinen Mantel und hob mich auf die Knie. „Ruf das Drecksschwein an!", forderte er und hielt mir die Pistole erneut an den Kopf. Er gab mir mein Handy in die Hand, hielt es aber gleichzeitig fest. „Wenn du die Bullen rufst, drück ich ab!", schrie er und schaute auf seine Armbanduhr. Ich fing an, eine Nummer zu wählen. Der Schweiß lief mir die Stirn hinunter.

Was hatte ich nur getan? Mein Bluff würde jede Sekunde auffliegen und ich hätte eine Kugel im Kopf stecken. Niemand ging dran. Ich wählte dieselbe Nummer erneut.

Mein Atem raste, meine Beine wollten rennen, aber mein Kopf wusste nicht, wohin.

Der Mann schaute erneut panisch auf seine Uhr. „Gebt mir die Festplatte!", befahl er ohne seinen rasenden Blick von mir abzuwenden. Tonja griff in die Innentasche ihres Mantels und zog ein schwarzes, kleines Gerät hervor.

Sie zitterte. In ihrer Hand hielt sie millionenschwere, illegal gespeicherte Daten. Der Mann riss ihr die Festplatte ungehalten aus der Hand und verstaute sie sicher im eigenen Mantel. Dann schaute er erneut auf seine Armbanduhr.

„Sei´s drum!", wisperte er, drehte sich plötzlich um und drückte, ohne mit der Wimper zu zucken, den Abzug seiner Schusswaffe. Etwa vier Kugeln durchlöcherten mit ohrenbetäubendem Lärm die eingeschüchterten Frauen. Ich zuckte zusammen und blieb starr vor Angst.

Die Frauen fielen leblos zu Boden. Blut tränkte den nassen Asphalt dunkelrot. Der einzige Grund, mich am Leben zu lassen, war der, dass er sich nicht sicher war, ob ich die Wahrheit sagte.

„Gut, dann besuchen wir jetzt eben deinen überlebenden Freund!", sagte er und riss mir das Handy aus der Hand. Traumatisiert stand ich da und schaute ihm regungslos zu, wie er mein Handy im Fluss versenkte. Ich dachte an gar nichts mehr.

Auf der dunklen Wasseroberfläche spiegelten sich blaue und rote Farben.

Es waren die Sirenen des Polizeiwagens, der auf den Parkplatz fuhr.

Mein Anruf war erfolgreich. Ich hatte die Nummer meiner Tochter gewählt.

Die Türen des Fahrzeugs sprangen auf und zwei Beamte eröffneten schlagartig das Feuer.

Eine Kugel des Schusswechsels traf mich wenige Sekunden später am linken Bein und brachte mich zu Fall.

Der bewaffnete Mann rannte gebeugt hinter ein parkendes Auto und erwiderte das Feuer. Einer der Polizisten forderte unverzüglich Unterstützung und Krankenwagen an.

Das Heulen der Sirene und die fallenden Schüsse sorgten für eine laute Geräuschkulisse, aber immerhin besser als Totenstille. Alles ist besser als Totenstille.

Wenn ich das hier überleben sollte, dann würde ich alles erzählen.

Von den Drohungen, dem Einbruch, der Bombe und natürlich von dem fast perfekten Bankraub. Nun, wenn nicht, dann wird Kathy dieses kleine, hellblaue Notizbuch in ihrem

Handschuhfach finden und selbst entscheiden, wer was erfährt.

Ich für meinen Teil war sicher nicht der Held dieser Geschichte und in jedem Fall nicht der Unschuldige, der keine Wahl hatte. Denn jeder schreibt seine Geschichte irgendwann selbst, man muss nur den Stift in die Hand nehmen. Ich sage nicht, dass wir immer und in Allem eine Wahl haben, das wäre eine Lüge.

Vielleicht kennen Sie ja die Geschichte von der Frau, die ihren Mann mit einem Apfel vergiftete. Sie ließ ihm die Wahl, an welcher Stelle sie ihn entzweischnitt und trotzdem verstarb nur er nachdem beide ihren Teil gegessen hatten. Der Mann hätte den ganzen Apfel essen sollen, dachte ich mir damals. Dann hätte die Frau keinen Grund gehabt, ihn zu halbieren. So hätte das Gift nie in die Frucht gelangen können. Heute weiß ich, dass die Frau, ob Apfel geteilt oder nicht, trotzdem ein Messer in ihrer Hand hielt.

Er hatte also keine Wahl mehr. Aber das bedeutet nicht, dass er nie eine gehabt hatte. Denn wenn wir uns oft genug falsch entscheiden, nehmen wir uns die Chancen selber weg. Und irgendwann sitzen wir in einem engen, dunklen Raum fest und werden nach unserem letzten Wunsch gefragt. Und dann wählen wir ein letztes Mal, denn das ist alles, was wir noch tun können.

Aber ganz gleich, welchen Wunsch wir auch haben, es ist wohl kaum der Wunsch zu Sterben.

Da lag ich also, unmittelbar neben Melissa auf dem nassen Schlachtfeld.

Die Metallkugeln hatten sie an Bauch und Schulter getroffen, doch sie atmete noch.

Eine Handbewegung, dann ein leises Husten.

Scheinbar versuchte sie, etwas zu sagen.

Sie hechelte nach Luft.

„Das ist größer, als du es dir vorstellen kannst", stotterte sie schmerzhaft vor ihrem letzten Atemzug.

In ihrer Hand hielt sie eine Karte. Eine dunkelrote mit goldener Aufschrift.

Über den Autor:

Sebastian Gallo wurde 1999 in Trier geboren. Dies ist das erste seiner Werke. Wenn er Zeit und Lust findet, wird diese Geschichte wohl weitererzählt.
Denn eins können Sie ihm glauben:
Das ist größer, als Sie es sich vorstellen können!
Apropos „groß":
Ein großes Dankeschön an Hannah Stark, Tabea Biewen und Mia Gloeckner, vor allem aber an Victoria Konrad und Zoe Malambré. Ohne euch wäre das so nicht möglich gewesen.
(naja vielleicht schon)

Bibliografische Information der Deutschen Nationalbibliothek: Die Deutsche Nationalbibliothek verzeichnet diese Publikation in der Deutschen Nationalbibliografie; detaillierte bibliografische Daten sind im Internet über dnb.dnb.de abrufbar

Herstellung und Verlag: BoD – Books on Demand, Norderstedt

ISBN: 9783751934800